芥川龍之介　谷崎潤一郎 ほか

# 文豪エロティカル

実業之日本社



実業之日本社文庫

文豪エロティカル　《目次》

少女病　田山花袋　7
舞踊靴　川端康成　33
燃ゆる頬　堀 辰雄　45
満願　太宰 治　65
青塚氏の話　谷崎潤一郎　71
妖婦《ようふ》　織田作之助　133

好色　芥川龍之介　149
魔睡《ますい》　森 鷗外　175
戦争と一人の女　坂口安吾　205
人妻　永井荷風　233
編者解説　末國善己　251

# 少女病

田山花袋

## 田山花袋《たやまかたい》（一八七一〜一九三〇）

群馬県生まれ。一八九一年に尾崎紅葉に入門、その指示で江見水蔭の指導を受ける。当初は紅葉らが作った同人・硯友社の作風を受け継いでいたが、その後、人間の行動を科学的に描く西洋の自然主義の影響を受けて『重右衛門の最後』を発表、その理論を評論『露骨なる描写』にまとめる。一九〇七年、妻子ある作家が女弟子に抱く恋愛感情を告白する『蒲団』を発表。この作品の影響は大きく、日本の自然主義は現実を赤裸々に描くものへと変質し、作家が自らの体験のみを書く私小説に繋がっていく。代表作は『田舎教師』『縁』など。晩年は『時は過ぎゆく』『一兵卒の銃殺』など虚無的な作品を発表している。

一

山手線の朝の七時二十分の上り汽車が、代々木の電車停留所の崖下を地響させて通る頃、千駄谷《せんだがや》の田畝《たんぼ》をてくてくと歩いて行く男がある。此男の通らぬことはいかな日にもないので、雨の日には泥濘の深い田畝道に古い長靴を引ずって行くし、風の吹く朝には帽子を阿弥陀に被《かぶ》って塵埃を避けるようにして通るし、沿道の家々の人は、遠くから其姿を見知って、もうあの人が通ったから、あなたお役所が遅くなりますなどと春眠いぎたなき主人を揺り起す軍人の細君もある位だ。

此男の姿の此田畝道にあらわれ出したのは、今から二月ほど前、近郊の地が開けて、新しい家作が彼方の森の角、此方の丘の上に出来上って、某少将の邸宅、某会社重役の邸宅などの大きな構《かまえ》が、武蔵野の名残の櫟《くぬぎ》の大並木の間からちらちらと画のように見える頃であったが、其櫟《くぬぎ》の並木の彼方に、貸家建の家屋が五六軒並んであるというから、何でも其処等に移転して来た人だろうとの専らの評判であった。

何も人間が通るのに、評判を立てる程のこともないのだが、淋しい田舎で人珍らしいのと、それに此男の姿がいかにも特色があって、そして鶩《あひる》の歩くような変てこな形をするので、何とも謂えぬ不調和――その不調和が路傍の人々の閑な眼を惹くもととなった。

年の頃三十七八、猫背で、獅子鼻で、反歯で、色が浅黒くッて、頬髯《ほおひげ》が煩《うる》さそうに顔の半面を蔽《おお》って、鳥渡《ちょっと》見ると恐ろしい容貌、若い女などは昼間出逢っても気味悪く思う程だが、それにも似合わず、眼には柔和なやさしいところがあって、絶えず何物をか見て憧れて居るかのように見えた。足のコンパスは思切って広く、トットと小きざみに歩くその早さ！　演習に朝出る兵隊さんもこれにはいつも三舎を避けた。

大抵洋服で、それもスコッチの毛の摩《す》れてなくなった鳶《とび》色の古背広、上にあおったインバネスも羊羹《ようかん》色に黄《き》ばんで、右の手には犬の頭のすぐ取れる安ステッキをつき、柄《がら》にない海老茶《えびちゃ》色の風呂敷包をかかえながら、左の手はポッケットに入れて居る。

四ツ目垣の外を通り掛ると、

『今お出掛けだ！』

と、田舎の角の植木屋の主婦が口の中で言った。

其植木屋も新建の一軒家で、売物のひょろ松やら樫《かし》やら黄楊《つげ》やら八ツ手やらが其周囲にだらしなく植付られてあるが、其向うには千駄谷の街道を持っている新開の屋敷町が参差《しんし》として連って、二階の硝子《がらす》窓には朝日の光が閃々《きらきら》と輝き渡った。左は角筈の工場の幾棟、細い烟筒からはもう労働に取掛った朝の烟《けむり》がくろく低く靡《なび》いて居る。晴れた空には林を越して電信柱が頭だけ見える。

男はてくてくと歩いて行く。

田畝を越すと、二間幅の石ころ道、柴垣、樫垣、要垣《かなめがき》、其絶間々々に硝子障子、冠木門、瓦斯《がす》燈と順序よく並んで居て、庭の松に霜よけの縄のまだ取られずに附いて居るのも見える。一二丁行くと千駄谷通りで、毎朝、演習の兵隊が駆足で通って行くのに邂逅する。西洋人の大きな洋館、新築の医者の構えの大きな門、駄菓子を売る古い茅葺の家、此処まで来ると、もう代々木の停留場の高い線路が見えて、新宿あたりで、ポーと電笛の鳴る音でも耳に入ると、男は其の大きな体を先へのめらせて、見得も何も構わずに、一散に走るのが例だ。

今日も其処に来て耳を欹《そばだ》てたが、電車の来たような気勢《けはい》も無いので、同じ歩調ですたすたと歩いて行ったが、高い線路に突当って曲る角で、ふと栗梅《くりうめ》の縮緬《ちりめん》の羽織をぞろりと着た恰好の好い庇髪《ひさしがみ》の女の後姿を見た。鶯色のリボン、繻珍《しゅちん》の鼻緒、おろし立ての白足袋、それを見ると、もう其胸は何となく時めいて、其癖何《ど》うの彼《こ》うのと言うのでもないが、唯嬉しく、そわそわして、其先へ追越すのが何だか惜しいような気がする様子である。男は此女を既に見知って居るので、少くとも五六度は其女と同じ電車に乗ったことがある。それどころか、冬の寒い夕暮、わざわざ廻り路をして其女の家を突留めたことがある。千駄ヶ谷の田畝の西の隅で、樫の木で取囲んだ奥の大きな家、其の総領娘であることをよく知って居る。眉の美しい、色の白い頬の豊かな、笑う時言うに言われぬ表情を其眉と眼との間にあらわす娘だ。

『もう何《ど》うしても二十二三、学校に通って居るのではなし……それは毎朝逢わぬのでもわかるが、それにしても何処へ行くのだろう、』と思ったが、其思ったのが既に愉快なので、眼の前にちらつく美しい着物の色彩が言い知らず胸をそそる。『もう嫁に行くんだろう?』と続いて思ったが、今度はそれが何だか侘しいような惜しいような気がして、『己《おれ》も今少し若ければ……』と二の矢を継いでだか、『何だ馬鹿馬鹿しい、己は幾歳だ、女房もあれば子供もある、』と思い返した。思い返したが、何となく悲しい、何となく嬉しい。

代々木の停留場に上る階段の処で、それでも追い越して、衣ずれの音、白粉の香いに胸を躍したが、今度は振返りもせず、大足に、しかも駆けるようにして、階段を上った。

停留場の駅長が赤い回数切符を切って返した。此駅長も其他の駅夫も皆な此大男に熟《じゅく》して居る。性急《せっかち》で、慌て者で、早口であるということをも知って居る。

板囲いの待合所に入ろうとして、男はまた其前に兼ねて見知越の女学生の立って居るのを眼敏《さと》くも見た。

肉付きの好い、頰の桃色の、輪郭の丸い、それは可愛い娘だ。派手な縞物に、海老茶の袴を穿《は》いて、右手に女持の細い蝙蝠傘、左の手に、紫の風呂敷包を抱えて居るが、今日はリボンがいつものと違って白いと男はすぐ思った。

此娘は自分を忘れはすまい、無論知ってる！　と続いて思った。そして娘の方を見たが、娘は知らぬ顔をして、彼方《あっち》を向いて居る。あの位のうちは恥しいんだろう、と思うと堪らなく可愛くなったらしい。見ぬような振をして幾度となく見る、頻りに見る。――そしてまた眼を外《そら》して、今度は階段の処で追越した女の後姿に見入った。

電車の来るのも知らぬというように――。

## 二

此娘は自分を忘れはすまいと此男が思ったのは、理由のあることで、それには面白い一小挿話《エピソード》があるのだ。此娘とは何時でも同時刻に代々木から電車に乗って、牛込まで行くので、以前からよく其姿を見知って居たが、それと謂《い》って敢て口を利《き》いたというのではない。唯相対して乗って居る、よく肥った娘だなァと思う。あの頰の肉の豊かなこと、乳の大きなこと、立派な娘だなどと続いて思う。それが度重なると、笑顔の美しいことも、耳の下に小さい黒子のあることも、込合った電車の吊皮にすらりとのべた腕の白いことも、信濃町から同じ学校の女学生とおりおり邂逅して蓮葉《はすっぱ》に会話を交えることも、何も彼もよく知るようになって、何処の娘かしらん？ などと、其家、其家庭が知り度くなる。

でも後をつけるほど気にも入らなかったと見えて、敢てそれを知ろうとも為《し》なかったが、ある日のこと、男は例の帽子、例のインバネス、例の背広、例の靴で、例の道を例のごとく千駄谷の田畝に掛って来ると、不図《ふと》前から其肥った娘が、羽織の上に白い前掛をだらしなくしめて、半ば解き掛けた髪を右の手で押えながら、友達らしい娘と何事をか語り合いながら歩いて来た。何時も逢う顔に違った処で逢うと、何だか他人でないような気がするものだが、男もそう思ったと見えて、もう少しで会釈を為《す》るような態度をして、急いだ歩調をはたと留めた。娘もちらと此方を見て、これも、『ああの人だナ、いつも電車に乗る人だナ、』と思ったらしかったが、会釈をするわけもないので、黙《だま》ってすれ違って了った。男はすれ違いざまに、『今日は学校に行かぬのかしらん？　そうか、試験休みか春休みか、』と我知らず口に出して言って、五六間無意識にてくてくと歩いて行くと、不図黒い柔かい美しい春の土に、丁度金屛風に銀で画いた松の葉のようにそっと落ちて居るアルミニュウムの留針《ピン》。

娘のだ！

突如《いきなり》、振り返って、大きな声で、

『もし、もし、もし、』

と連呼した。

娘はまだ十間ほど行ったばかりだから、無論此声は耳に入ったのであるが、今すれ違った大男に声を掛けられるとは思わぬので、振返りもせずに、友達の娘と肩を並べて静かに語りながら歩いて行く。朝日が美しく野の農夫の鋤《すき》の刃に光る。

『もし、もし、もし、』

と男は韻《いん》を押《ふ》んだように再び叫んだ。

で、娘も振返る。見るとその男は両手を高く挙げて、此方を向いて面白い恰好をして居る。ふと、気が附いて、頭に手を遣ると、留針《ピン》が無い。はっと思って、『あら、私、嫌よ、留針を落してよ、』と友達に言うでもなく言って、其儘、ばたばたと駆け出した。

男は手を挙げたまま、其のアルミニュウムの留針を持って待って居る。娘はいきせき駆けて来る。やがて傍に近寄った。

『何《ど》うも有難う……』

と、娘は恥しそうに顔を赤くして、礼を言った。四角の輪郭をした大きな顔は、さも嬉しそうに莞爾莞爾《にこにこ》と笑って、娘の白い美しい手に其の留針を渡した。

『何うも有難う御座いました。』

と、再び丁寧に娘は礼を述べて、そして踵を旋《めぐら》した。

男は嬉しくて為方が無い。愉快でたまらない。これであの娘、己の顔を見覚えたナ……と思う。これから電車で邂逅しても、あの人が私の留針を拾って呉れた人だと思うに相違ない。もし己が年が若くって、娘が今少し別嬪《べっぴん》で、それでこういう幕を演ずると、面白い小説が出来るんだなどと、取留もないことを種々に考える。聯《れん》想《そう》は聯想を生んで、其身の徒らに青年時代を浪費して了ったことや、恋人で娶《めと》った細君の老いて了ったことや、子供の多いことや、自分の生活の荒涼としていることや、時勢に後れて将来に発達の見込のないことや、いろいろなことが乱れた糸のように縺れ合って、こんがらがって、殆ど際限がない。ふと、其の勤めて居る某雑誌社のむずかしい編集長の顔が空想の中に歴々と浮んだ。と、急に空想を捨てて路を急ぎ出した。

三

此男は何処から来るかと言うと、千駄谷の田畝《たんぼ》を越して、櫟の並木の向うを通って、新建の立派な邸宅の門をつらねて居る間を抜けて、牛の鳴声の聞える牧場、樫の大樹の連って居る小径——その向うをだらだらと下った丘陵《おか》の蔭の一軒家、毎朝かれは其処から出て来るので、丈の低い要垣を周囲に取廻して、三間位と思われる家の構造《つくり》、床の低いのと屋根の低いのを見ても、貸家建ての粗雑《ぞんざい》な普請であることが解る。小さな門を中に入《はい》らなくとも、路から庭や座敷がすっかり見えて、篠竹の五六本生えて居る下に、沈丁花の小さいのが二三株咲いて居るが、其傍には鉢植の花ものが五つ六つだらしなく並べられてある。細君らしい二十五六の女が甲斐甲斐しく襷掛になって働いて居ると、四歳位の男の児と六歳位の女の児とが、座敷の次の間の縁側の日当りの好い処に出て、頻《しき》りに何事をか言って遊んで居る。

家の南側に、釣瓶《つるべ》を伏せた井戸があるが、十時頃になると、天気さえ好ければ、細君は其処に盥を持ち出して、頻りに洗濯を遣る。着物を洗う水の音がざぶざぶと長閑に聞えて、隣の白蓮の美しく春の日に光るのが、何とも言えぬ平和な趣をあたりに展げる。細君は成程もう色は衰えて居るが、娘盛りにはこれでも十人並以上であろうと思われる。やや旧派の束髪に結って、ふっくりとした前髪を取ってあるが、着物は木綿の縞物を着て、海老茶色の帯の末端《すえ》が地について、帯揚のところが、洗濯の手を動かす度に微かに揺《うご》く。少時《しばらく》すると、末の男の児が、かァちゃんかァちゃんと遠くから呼んで来て、傍に来ると、いきなり懐の乳を探った。まァお待ちよと言ったが、中々言うことを聞きそうにもないので、洗濯の手を前垂でそそくさと拭いて、前の縁側に腰をかけて、子供を抱いて遣った。其処へ総領の女の児も来て立って居る。

客間兼帯の書斎は六畳で、硝子の嵌った小さい西洋書箱《ほんばこ》が西の壁につけて置かれてあって、栗の木の机がそれと反対の側に据えられてある。床の間には春蘭の鉢が置かれて、幅物は偽物の文晁の山水だ。春の日が室の中までさし込むので、実に暖い、気持が好い。机の上には二三の雑誌、硯箱は能代塗の黄い木地の木目が出ているもの、そして其処に社の原稿紙らしい紙が春風に吹かれて居る。

此主人公は名を杉田古城と謂って言うまでもなく文学者。若い頃には、相応に名も出て、二三の作品は随分喝采されたこともある。いや、三十七歳の今日、こうしてつまらぬ雑誌社の社員になって、毎日毎日通って行って、つまらぬ雑誌の校正までして、平凡に文壇の地平線以下に沈没して了おうとは自らも思わなかったであろうし、人も思わなかった。けれどこうなったのには原因がある。此男は昔から左様だが、何うも若い女に憧れるという悪い癖がある。若い美しい女を見ると、平生は割合に鋭い観察眼もすっかり権威を失って了う。若い時分、盛に所謂《いわゆる》少女小説を書いて、一時は随分青年を魅せしめたものだが、観察も思想もないあくがれ小説がそういつまで人に飽きられずに居ることが出来よう。遂には此男と少女と謂うことが文壇の笑草の種となって、書く小説も文章も皆な笑い声の中に没却されて了った。それに、其容貌が前にも言った通り、此上もなく蛮カラなので、いよいよそれが好い反映《コントラスト》をなして、あの顔で、何うしてああだろう、打見た所は、いかな猛獣とでも闘うというような風采と体格とを持って居るのに……。これも造化の戯れの一つであろうという評判であった。

ある時、友人間で其噂があった時、一人は言った。

『何うも不思議だ。一種の病気かも知れんよ。先生のは唯、あくがれるというばかりなのだからね。美しいと思う、唯それだけなのだ。我々なら、そういう時には、すぐ本能の力が首を出して来て、唯、あくがれる位では何うしても満足が出来んがね。』

『そうとも、生理的に、何処か陥落《ロスト》して居るんじゃないかしらん。』

と言ったものがある。

『生理的と言うよりも性質じゃないかしらん。』

『いや、僕は左様は思わん。先生、若い時分、余に恣《ほしいまま》なことをしたんじゃないかと思うね。』

『恣とは？』

『言わずとも解るじゃないか……。独りで余り身を傷つけたのさ。その習慣が長く続くと、生理的に、ある方面がロストして了って、肉と霊とがしっくり合わんそうだ。』

『馬鹿な……。』

と笑ったものがある。

『だッて、子供が出来るじゃないか。』

と誰かが言った。

『それは子供は出来るさ……。』と前の男は受けて、『僕は医者に聞いたんだが、其結果は色々ある相だ。烈しいのは、生殖の途が絶たれて了うそうだが、中には先生のようになるのもあるということだ。よく例があるって……僕にいろいろ教えて呉れたよ。僕は屹度そうだと思う。僕の鑑定は誤《あやま》らんさ。』

『僕は性質だと思うがね。』

『いや、病気ですよ、少し海岸にでも行って好い空気でも吸って、節欲しなければいかんと思う。』

『だって、余りおかしい、それも十八九とか二十二三とかなら、そういうこともあるかも知れんが、細君があって、子供が二人まであって、そして年は三十八にもなろうと言《いう》んじゃないか。君の言うことは生理学万能で、何うも断定過ぎるよ。』

『いや、それは説明が出来る。十八九でなければそういうことはあるまいと言うけれど、それはいくらもある。先生、屹度今でも遣って居るに相違ない。若い時、あいう風で、無闇に恋愛神聖論者を気取って、口では綺麗なことを言って居ても、本能が承知しないから、つい自から傷けて快を取るというようなことになる。そしてそれが習慣になると、病的になって、本能の充分の働を為《す》ることが出来なくなる。先生のは屹度それだ。つまり、前にも言ったが、肉と霊とがしっくり調和することが出来んのだよ。それにしても面白いじゃないか、健全を以て自からも任じ、人も許して居たものが、今では不健全も不健全、デカダンの標本になったのは、これというのも本能を蔑《ないがしろ》にしたからだ。君達は僕が本能万能説を抱いて居るのをいつも攻撃するけれど、実際、人間は本能が大切だよ。本能に従わん奴は生存して居られんさ。』と滔々として弁じた。

## 四

電車は代々木を出た。

春の朝は心地が好い。日がうらうらと照り渡って、空気はめずらしくくっきりと透徹《すきとお》って居る。富士の美しく霞んだ下に大きい櫟林が黒く並んで、千駄谷の凹地に新築の家屋の参差《しんし》として連って居るのが走馬燈のように早く行過ぎる。けれど此無言の自然よりも美しい少女の姿の方が好いので、男は前に相対した二人の娘の顔と姿とに殆ど魂を打込んで居た。けれど無言の自然を見るよりも活きた人間を眺めるのは困難なもので、余りしげしげ見て、悟られてはという気があるので、傍を見て居るような顔をして、そして電光のように早く鋭くながし眼を遣《つか》う。誰だか言った、電車で女を見るのは正面では余り眩《まば》ゆくっていけない、そうかと言って、余り離れても際立って人に怪まれる恐れがある、七分位に斜に対して座を占めるのが一番便利だと。男は少女にあくがれるのが病であるほどであるから、無論、此位の秘訣は人に教わるまでもなく、自然に其の呼吸を自覚して居て、いつでも其の便利な機会を攫《つか》むことを過まらない。

年上の方の娘の眼の表情がいかにも美しい。星――天上の星もこれに比べたなら其の光を失うであろうと思われた。縮緬のすらりとした膝のあたりから、華奢な藤色の裾、白足袋をつまだてた三枚襲の雪駄《せった》、ことに色の白い襟首から、あのむっちりと胸が高くなって居るあたりが美しい乳房だと思うと、総身が搔きむしられるような気がする。一人の肥った方の娘は懐からノウトブックを出して、頻りにそれを読み始めた。

すぐ千駄ヶ谷駅に来た。

かれの知り居る限りに於ては、此処から、少くとも三人の少女が乗るのが例だ。けれど今日は、何うしたのか、時刻が後れたのか早いのか、見知って居る三人の一人だも乗らぬ。その代りに、それは不器量《ぶきりょう》な、二目とは見られぬような若い女が乗った。この男は若い女なら、大抵な醜い顔にも、眼が好いとか、鼻が好いとか、色が白いとか、襟首が美しいとか、膝の肥り具合が好いとか、何かしらの美を発見して、それを見て楽むのであるが、今乗った女は、さがしても、発見されるような美は一ケ所も持って居らなかった。反歯、ちぢれ毛、色黒、見た丈でも不愉快なのが、いきなりかれの隣に来て座を取った。

信濃町の停留場は、割合に乗る少女の少いところで、曽《かつ》て一度すばらしく美しい、華族の令嬢かと思われるような少女と膝を並べて牛込まで乗った記憶があるばかり、其後、今一度何うかして逢いたいもの、見たいものと願って居るけれど、今日までついぞかれの望は遂《と》げられなかった。電車は紳士やら軍人やら商人やら学生やらを多く載《の》せて、そして飛龍のごとく駛《はし》り出した。

隧道《トンネル》を出て、電車の速力が稍々《やや》緩《ゆる》くなった頃から、かれは頻りに首を停車場の待合所の方に注《そそ》いで居たが、ふと見馴れたリボンの色を見得たと見えて、其顔は晴々しく輝いて胸は躍った。四ツ谷からお茶の水の高等女学校に通う十八歳位の少女、身装《みなり》も綺麗に、ことにあでやかな容色《きりょう》、美しいと言ってこれほど美しい娘は東京にも沢山はあるまいと思われる。丈はすらりとして居るし、眼は鈴を張ったようにぱっちりとして居るし、口は緊《しま》って肉は痩せず肥らず、晴々した顔には常に紅《くれない》が漲って居る。今日は生憎乗客が多いので、其儘《そのまま》扉の傍に立ったが、『込合いますから前の方へ詰めて下さい』」と車掌の言葉に余儀なくされて、男のすぐ前のところに来て、下げ皮に白い腕を延べた。男は立って代って遣りたいとは思わぬではないが、そうするとその白い腕が見られぬばかりではなく、上から見下ろすのは、いかにも不便なので、其儘席を立とうともしなかった。

込合った電車の中の美しい娘、これほどかれに趣味深くうれしく感ぜられるものはないので、今迄にも既に幾度となく其の嬉しさを経験した。柔かい着物が触る。得られぬ香水のかおりがする。温かい肉の触感が言うに言われぬ思いをそそる。ことに、女の髪の匂いと謂うものは、一種の烈しい望を男に起させるもので、それが何とも名状せられぬ愉快をかれに与えるのであった。

市谷、牛込、飯田町と早く過ぎた。代々木から乗った娘は二人とも牛込で下りた。電車は新陳代謝して、益々混雑を極める。それにも拘らず、かれは魂を失った人のように、前の美しい顔にのみあくがれ渡って居る。

やがてお茶の水に着く。

# 五

此男の勤めて居る雑誌社は、神田の錦町で、青年社という、正則英語学校のすぐ次の通りで、街道に面した硝子戸の前には、新刊の書籍の看板が五つ六つも並べられてあって、戸を開けて中に入ると、雑誌書籍の埒もなく取散された室の帳場には社主の難かしい顔が控えて居る。編集室は奥の二階で、十畳の一室、西と南とが塞《ふさが》って居るので、陰気なこと夥しい。編集員の机が五脚ほど並べられてあるが、かれの机は其の最も壁に近い暗いところで、雨の降る日などは、洋燈が欲しい位である。それに、電話がすぐ側にあるので、間断《ひっきり》なしに鳴って来る電鈴が実に煩《うるさ》い。先生、お茶の水から外濠線に乗換えて錦町三丁目の角まで来て下りると、楽しかった空想はすっかり覚めて了ったような侘《わび》しい気がして、編集長と其の陰気な机とがすぐ眼に浮ぶ。今日も一日苦しまなければならぬかナァと思う。生活と謂うものはつらいものだとすぐ後を続ける。と、此世も何もないような厭な気になって、街道の塵埃が黄く眼の前に舞う。校正の穴埋めの厭なこと、雑誌の編集の無意味なることが歴々《ありあり》と頭に浮んで来る。殆ど留度《とめど》が無い。それればかりならまだ好いが、半ば覚めてまだ覚め切らない電車の美しい影が、其侘しい黄い塵埃の間に覚束なく見えて、それが何だかこう自分の唯一の楽みを破壊して了うように思われるので、いよいよつらい。

編集長がまた皮肉な男で、人を冷かすことを何とも思わぬ。骨折って美文でも書くと、杉田君、またおのろけが出ましたねと突込む。何ぞと謂うと、少女を持出して笑われる。で、おりおりはむっとして、己は子供じゃない、三十七だ、人を馬鹿にするにも程があると憤慨する。けれどそれはすぐ消えて了うので、懲《こ》りることもなく、艶っぽい歌を詠み、新体詩を作る。

即《すなわ》ちかれの快楽と言うのは電車の中の美しい姿と、美文新体詩を作ることで、社に居る間は、用事さえ無いと、原稿紙を延《の》べて、一生懸命に美しい文を書いて居る。少女に関する感想の多いのは無論のことだ。

其日は校正が多いので、先生一人それに忙殺されたが、午後二時頃、少し片附いたので一息吐いて居ると、

『杉田君。』

と編集長が呼んだ。

『え？』

と其方を向くと、

『君の近作を読みましたよ。』と言って、笑って居る。

『そうですか。』

『不相変《あいかわらず》、美しいねぇ、何うしてああ綺麗に書けるだろう。実際、君を好男子と思うのは無理は無いよ。何とか謂う記者は、君の大きな体格を見て、其の予想外なのに驚いたと言うからね。』

『そうですかナ。』

と、杉田は詮方なしに笑う。

『少女万歳ですな！』

と編集員の一人が相槌を打って冷かした。

杉田はむっとしたが、下《くだ》らん奴を相手にしてもと思って、他方《わき》を向いて了った。実に癪に触る、三十七の己を冷かす気が知れぬと思った。

薄暗い陰気な室は何う考えて見ても侘しさに耐えかねて巻煙草を吸うと、青い紫の烟がすぅと長く靡《なび》く。見詰めて居ると、代々木の娘、女学生、四谷の美しい姿などが、ごっちゃになって、縺れ合って、それが一人の姿のように思われる。馬鹿馬鹿しいと思わぬではないが、しかし愉快でないこともない様子だ。

午後三時過、退出時刻が近くなると、家のことを思う。妻のことを思う。つまらんな、年を老って了ったとつくづく慨嘆《がいたん》する。若い青年時代を下《くだ》らなく過して、今になって後悔したとて何の役に立つ、本当につまらんなァと繰返す。若い時に、何故烈しい恋を為《し》なかった？　何故充分に肉のかおりをも嗅《か》がなかった？　今時分思ったとて、何の反響がある？　もう三十七だ。こう思うと、気が苛々《いらいら》して、髪の毛をむしり度くなる。

社の硝子戸を開けて戸外《おもて》に出る。終日の労働で頭脳《あたま》はすっかり労《つか》れて、何だか脳天が痛いような気がする。西風に舞い上る黄い塵埃、侘しい、侘しい。何故か今日は殊更に侘しくつらい。いくら美しい少女の髪の香に憧れたからって、もう自分等が恋をする時代ではない。また恋を為たいたッて、美しい鳥を誘う羽翼《はね》をもう持って居らない。と思うと、もう生きて居る価値が無い、死んだ方が好い、死んだ方が好い、死んだ方が好い、とかれは大きな体格を運びながら考えた。

顔色《かおつき》が悪い。眼の濁って居るのは其心の暗いことを示して居る。妻や子供や平和な家庭のことを念頭に置かぬではないが、そんなことはもう非常に縁故が遠いように思われる。死んだ方が好い？　死んだら、妻や子は何うする？　此念はもう微かになって、反響を与えぬほど其心は神経的に陥落《ロスト》して了った。寂しさ、寂しさ、寂しさ、此寂しさを救って呉れるものはないか、美しい姿の唯一つで好いから、白い腕に此身を巻いて呉れるものは無いか。そうしたら、屹度復活する。希望、奮闘、勉励、必ず其処に生命を発見する。この濁った血が新らしくなれると思う。けれど此男は実際それに由って、新しい勇気を恢復することが出来るか何うかは勿論疑問だ。

外濠の電車が来たのでかれは乗った。敏捷な眼はすぐ美しい着物の色を求めたが、生憎それにはかれの願いを満足させるようなものは乗って居らなかった。けれど電車に乗ったということだけで心が落付いて、これからが——家に帰るまでが、自分の極楽境のように、気がゆったりとなる。路側《みちばた》のさまざまの商店やら招牌《かんばん》やらが走馬燈のように眼の前を通るが、それがさまざまの美しい記憶を思い起させるので好い心地がするのであった。

お茶の水から甲武線に乗換えると、おりからの博覧会で電車は殆ど満員、それを無理に車掌の居る所に割込んで、兎に角右の扉の外に立って、確《しっか》りと真鍮の丸棒を攫《つか》んだ。ふと車中を見たかれははッとして驚いた。其硝子窓を隔ててすぐ其処に、信濃町で同乗した、今一度是非逢いたい、見たいと願って居た美しい令嬢が、中折帽や角帽やインバネスに殆ど圧《お》しつけられるようになって、丁度烏《からす》の群に取巻かれた鳩といったような風になって乗っている。

美しい眼、美しい手、美しい髪、何うして俗悪な此の世の中に、こんな綺麗な娘が居るかとすぐ思った。誰の細君になるのだろう、誰の腕に巻かれるのであろうと思うと、堪らなく口惜しく情けなくなって其結婚の日は何時だか知らぬが、其日は呪うべき日だと思った。白い襟首、黒い髪、鶯茶のリボン、白魚のような綺麗な指、宝石入の金の指輪――乗客が混合《こみ》って居るのと硝子越になって居るのとを都合の好いことにして、かれは心ゆくまで其の美しい姿に魂を打込んで了った。

水道橋、飯田町、乗客は愈《いよいよ》多い。牛込に来ると、殆ど車台の外に押出されそうになった。かれは真鍮の棒につかまって、しかも眼を令嬢の姿から離さず、恍惚《うっとり》として自からわれを忘れるという風であったが、市谷に来た時、また五六の乗客があったので、押つけて押かえしては居るけれど、稍《やや》ともすると、身が車外に突出されそうになる。電線のうなりが遠くから聞えて来て、何となくあたりが騒々しい。ピイと発車の笛が鳴って、車台が一二間ほど出て、急にまた其速力が早められた時、何うした機会か少くとも横に居た乗客の二三が中心を失って倒れ掛って来た為めでもあろうが、令嬢の美に恍惚《うっとり》として居たかれの手が真鍮の棒から離れたと同時に、其の大きな体は見事に筋斗《とんぼ》がえりを打って、何の事はない大きな毬のように、ころころと線路の上に転り落ちた。危ないと車掌が絶叫したのも遅し早し、上りの電車が運悪く地を撼《うご》かして遣って来たので、忽ち其の黒い大きい一塊物は、あなやと言う間に、三四間ずるずると引摺られて、紅い血が一線長くレイルを染めた。

非常警笛が空気を劈《つんざ》いてけたたましく鳴った。

# 舞踊靴

川端康成

川端康成《かわばたやすなり》（一八九九〜一九七二）

大阪生まれ。東京大学在学中の一九二一年に第六次「新思潮」を創刊、同誌に発表した『招魂祭一景』が菊池寛に認められ、「文藝春秋」の同人となる。一九二四年、横光利一らと「文芸時代」を創刊、ヨーロッパの前衛文学を取り入れた新しい文学・新感覚派の運動を牽引する。叙情性豊かな『伊豆の踊子』、都市風俗を描き浅草趣味も満載の『浅草紅団』、幻想小説『水晶幻想』など、多彩な作品を発表する。戦後は、日本の美を独自の感性で切り取った『千羽鶴』『山の音』などの他、エロティックな『みづうみ』『眠れる美女』を発表。一九六八年にノーベル文学賞を受賞。一九七二年にガス自殺した。

# 一

踊子は彼女一人であった。楽師は十人を超える時もあったが、彼女の人気が頼りのジャズ・バンドといってもよかった。従って、彼女の楽屋へ押しかける男も多かったが、旅先でのことではあるし、その場限りのつもりであしらっていた。

いろんな都会の映画館の楽屋鏡の抽斗に、彼女は多くの名刺を棄てて来た。

ただしかし、辻という男は、舞踊靴を差上げたいとのことなので、しかも、彼が靴屋で、自分で作るというのだったので、彼女はその名刺を化粧箱に入れて、東京まで持って帰った。

足の寸法を取るかわりに、靴下の古いのを一足くれと、その男はいった。洗濯したのよりも、穿きよごしたもののほうが、足の形がよく分るといった。彼女はものを考えるゆとりもない忙しさで衣裳をかえていたところだったので、傍にあったのをぽいと投げ出した。男はそれをあわててポケットへつかみ込んだ。

楽師達は、色情狂に騙されたのだと、彼女を笑った。

二月経っても、辻という男からは音沙汰がなかった。

やっぱり、女の靴下の蒐集家だったのかと、彼女も気がついた。唇の色が女のようにあざやかに、なるほど靴屋とは見えない、美しい青年であった。美しいということのほかに、顔形は忘れてしまったが、あの唇の色と女の靴下とは、なにか関係があるのだろうかと、彼女はその後も時々思い出すのであった。

二

ひょっこり、辻から書留小包が届いた。靴でないことは包を見ても分るが、思いがけなく、彼女の片足の靴下であった。

脛から下がぼろぼろに破れていた。

その午後に手紙が着いた。

この前いただいた靴下は、犬があの通りに嚙み破ってしまった。いろいろ工夫してみたが、足の形は分らない。すまないけれども、もう一足送ってほしい。――そういう文面だった。

ほんとうらしい話であった。

しかし、犬ではなしに、彼自身が嚙み破ったのかもしれないと、彼女は考えた。

変な男もあるものだと笑って、そのままにしておいた。

ところが、ある夜、浅草の映画館の彼女の楽屋へ、小犬が一匹まぎれこんで来た。

まあ、可愛いと、彼女が手を出そうとした時だった。小犬は彼女の靴下をくわえると、一散に飛び出してしまった。

彼女はあっけにとられた。

それから、寒気がした。

彼女は靴下なしで帰った。

三

彼女には、あの白いテリアが辻の飼犬にちがいないように思われた。

楽師の一人もいった。——そんなことは造作はない。前に貰った彼女の靴下で、犬に「持って来い。」の練習を十分させてから、楽屋口で「持って来い。」と命令すれば、犬は彼女の靴下を奪って行く。

もう一人の楽師はいった。——早く足に、今流行の三万円の保険をつけたがいいだろう。宣伝になるばかりじゃない。ほんとうに犬に足を咬まれるかもしれない。

踊よりも保険金のほうがいいと彼女は笑って、びっこの金持の暮しを空想した。

しかし、楽師はもっともらしく、いろんな場合を数え上げた。辻という男は、犬に多くの女の靴下を盗ませ、それを咬ませて、楽しんでいるのかもしれない。彼女一人の靴下が幾足もほしいので、犬を使ったのかもしれない。もっと進んで、彼女の足への彼の愛からか、または憎しみからか、彼女の足を飼犬に咬ませたいのかもしれない、ほかの踊子から頼まれて、彼女の足を傷つけようとしているのかもしれない。靴下を奪うことは、犬が彼女の足へ咬みつくようになる訓練の手はじめだろう。

けれども、そのどれもがあたらなかったのであろうか。

金色の舞踊靴を、間もなく彼女は受け取ったからである。もちろん、辻の贈物であった。

四

彼女は金色の舞踊靴を穿いて踊った。

舞台から見物席を捜している自分に気がついて、捜しているのは辻だと、また気がつくのであった。

靴の小包の差出局は東京市内であった。辻は犬をつれて、東京へ来ているにちがいない。

彼が靴屋であるかどうかは疑わしい。しかし、靴をくれたいと、はじめにいったのは嘘ではなかった。

初心な恋の告白だとも思ってみた。

しゃれた恋の手管だとも思ってみた。

そして、素足で穿く金色の舞踊靴に、彼女の足の脂汗がしみこんだころであった。舞台裏の階段を下りようとすると、小犬がいきなり彼女の靴に咬みついた。歯が足の甲にも突き刺さった。

きゃっと叫んで倒れると、金色の靴をくわえて逃げて行く白い犬を見ながら、彼女は気が遠くなった。

踊るのに差支える傷ではなかったが、彼女の足からは喜びが消えた。踊子の死であった。

# 五

彼女は急に夢から覚めたように感じた。

目が覚めると同時に、自分が死んでしまったようにも思われた。

生き返ったようにも思われた。

ただ、見物の喝采が、冷笑のように聞え出したというだけのことであったが、それが彼女にとっては、生死ほどの驚きであった。

気がついてみると、自分の踊り方もつまらない。踊ることもつまらない。裸を見せる、味気ないなりわいであった。

彼女は大変賢くなったようには思った。

しかし、それにしても、犬に足を咬まれるまでは、自分の足には確かに一つの生きものが棲んでいた。その生きものは、どこへ逃げて行ったのか。

今から考えると、あれは確かに、自分とは別の一つの生きものであった。

そのような生きものを、自分のなかに棲まわせている人間だけが、生きている。

その生きものが失せ去ると、賢くはなるが、水の止まった水車みたいに、人間も死んだようになってしまうらしい。

自分の足は、もう生きものの棲み荒した、朽ち果てた古巣であろうか。

彼女の足の生きものは、金色の舞踊靴と一緒に、白い魔のような犬がくわえて行ってしまった。

ジャズは空っぽの音として、彼女に聞えた。

六

辻から詫びの手紙が来た。

彼の四つ五つのころであった。

彼の犬の子犬が、女の靴をくわえて来た。彼がその靴を隣りの家へ返しに行った。隣りの家の女学生が、幼い彼を膝に抱いてくれた。彼女の靴であった。

犬に靴をくわえさせるよりほかに、美しい女から愛される道はないと、幼い彼は一心に思いつめた。

それは今の彼にも、なつかしい思い出である。

彼はいよいよ犬好きの子供になった。犬はどの犬も靴を弄《もてあそ》びたがる。

舞踊は彼にとっては、靴の芸術である。

彼女の踊を見て、彼は幼い日を思い出した。彼女に美しい舞踊靴を贈りたくなった。

従って、彼の気持は幼児のようにあどけないあこがれであった。幼い日の思い出をなつかしむ余りのしわざであった。

あどけないというのは嘘だと、手紙を読みながら彼女は思った。やっぱり、彼は一人の色情狂にちがいない。

しかし、今度の手紙には、差出人のいどころがはっきり書いてあった。

## 七

彼女がホテルの部屋へ入って、まだ立っているうちに辻はテエブルの上のハンカチを拾い上げた。

彼女の金色の舞踊靴が、そこから現われた。

それを見ると、彼女は不思議な胸騒ぎを感じた。

扉のノックを聞いた時に、あわててハンカチをかぶせたのだと、彼はいった。それから、おどおどとわびごとを並べた。

犬にいいつけて、靴を取り返したのだろうと、彼女が聞いた。

靴を盗めといいつけたことは一度もないが、犬が女の靴をくわえて来る度に、自分は思わずうれしい顔を見せるらしいので、女の靴さえ見れば持って来るような習わしになったのだと、彼は答えた。

そんなことはとにかく、彼女が返してほしいのは、彼女の足のなかにこの間まで棲んでいた生きものなのであった。その生きものがここへ逃げこんでいるように思われたから、訪ねて来たのであった。

しかし、それをどう説明してよいのか分らなかった。言葉を捜しているうちに、彼女はこの男を弄んでやれという気持になって来た。

祭壇にまつられたような自分の舞踊靴を眺めていると、舞台の上から見物を弄ぶ時に似た気持が彼女に甦って来るらしいのであった。

こういう男の最も喜びそうなことと思って、奴隷が女王さまにするように、その靴を穿かせてくれと命令した。

彼は金色の靴を両手で捧げて、うやうやしく額にいただき、それから彼女の足もとに跪ずいた。

彼女は身ぶるいした。激しい喜びであった。

おかしいだろうと思っていたがおかしいどころか、おごそかな、まるで神が人間にいのちを授ける儀式のようで、真剣な彼の身ぶるいが、彼女にも伝わって来た。

彼女の足に踊り廻る生きものが返って来た。

靴が足に触れた瞬間から、彼女は夢の女王になった。

馬鹿っと頬を靴で蹴ってやろうと思いながら、しかし、彼が靴を穿かせ終って、足からだんだん××××××××るのを、彼女は知りつつも××××ていた。彼のなかにも、彼とは別の生きものが、今盛んに動いていることを、彼女が感じていたからであろう。

# 燃ゆる頬

堀 辰雄

## 堀《ほり》 辰雄《たつお》（一九〇四〜一九五三）

東京生まれ。第一高等学校在学中に、中学時代の校長に室生犀星を紹介される。犀星とは後に小説の舞台となる軽井沢へ行ったり、芥川龍之介を紹介されたりしている。肋膜炎に悩まされながらも西洋心理主義の影響を受けた文学活動を続け、一九二九年に翻訳『コクトオ抄』、翌年には第一小説集『不器用な天使』を刊行、心理描写が鮮やかな『聖家族』は高い評価を受けた。一九三〇年代には、婚約者の死を題材にした『風立ちぬ』、王朝文学への関心から生まれた『かげろふの日記』などを発表する。一九三八年に喀血し軽井沢に転居。一九四一年には悲願だったロマン（本格的長編）『菜穂子』を完成させている。戦後は療養しつつも創作に意欲を燃やすが、一九五三年に没した。

私は十七になった。そして中学校から高等学校へはいったばかりの時分であった。私の両親は、私が彼等の許であんまり神経質に育つことを恐れて、私をそこの寄宿舎に入れた。そういう環境の変化は、私の性格にいちじるしい影響を与えずにはおかなかった。それによって、私の少年時からの脱皮は、気味悪いまでに促されつつあった。

寄宿舎は、あたかも蜂の巣のように、いくつもの小さな部屋に分れていた。そしてその一つ一つの部屋には、それぞれ十人余りの生徒等が一しょくたに生きていた。それに部屋とは云うものの、中にはただ、穴だらけの、大きな卓《つくえ》が二つ三つ置いてあるきりだった。そしてその卓の上には誰のものともつかず、白筋のはいった制帽とか、辞書とか、ノオトブックとか、インク壺とか、煙草の袋とか、それらのものがごっちゃになって積まれてあった。そんなものの中で、或る者は独逸語の勉強をしていたり、或る者は足のこわれかかった古椅子にあぶなっかしそうに馬乗りになって煙草ばかり吹かしていた。私は彼等の中で一番小さかった。私は彼等から仲間はずれにされないように、苦しげに煙草をふかし、まだ髭の生えていない頬にこわごわ剃刀をあてたりした。

二階の寝室はへんに臭かった。その汚れた下着類のにおいは私をむかつかせた。

私が眠ると、そのにおいは私の夢の中にまで入ってきて、まだ現実では私の見知らない感覚を、その夢に与えた。私はしかし、そのにおいにもだんだん慣れて行った。こうして私の脱皮はすでに用意されつつあった。そしてただ最後の一撃だけが残されていた。……

或る日の昼休みに、私は一人でぶらぶらと、植物実験室の南側にある、ひっそりした花壇のなかを歩いていた。そのうちに、私はふと足を止めた。そこの一隅に簇《むら》がりながら咲いている、私の名前を知らない真白な花から、花粉まみれになって、一匹の蜜蜂の飛び立つのを見つけたのだ。そこで、その蜜蜂がその足にくっついている花粉の塊りを、今度はどの花へ持っていくか、見ていてやろうと思ったのである。しかし、そいつはどの花にもなかなか止まりそうもなかった。そして恰《あたか》もそれらの花のどれを選んだらいいかと迷っているようにも見えた。……その瞬間だった。私はそれらの見知らない花が一せいに、その蜜蜂を自分のところへ誘おうとして、なんだかめいめいの雌蕊《めしべ》を妙な姿態にくねらせるのを認めたような気がした。

……そのうちに、とうとうその蜜蜂は或る花を選んで、それにぶらさがるようにして止まった。その花粉まみれの足でその小さな柱頭にしがみつきながら。やがてその蜜蜂はそれからも飛び立っていった。私はそれを見ると、なんだか急に子供のような残酷な気持になって、いま受精を終ったばかりの、その花をいきなり捥《むし》りとった。そしてじいっと、他の花の花粉を浴びている、その柱頭に見入っていたが、しまいには私はそれを私の掌で揉みくちゃにしてしまった。それから私はなおも、さまざまな燃えるような紅や紫の花の咲いている花壇のなかをぶらついていた。その時、その花壇にT字形をなして面している植物実験室の中から、硝子戸ごしに私の名前を呼ぶものがあった。見ると、それは魚住《うおずみ》と云う上級生であった。

「来て見たまえ。顕微鏡を見せてやろう……」

その魚住と云う上級生は、私の倍もあるような大男で、円盤投げの選手をしていた。グラウンドに出ているときの彼は、その頃私たちの間に流行していた希臘《ギリシャ》彫刻の独逸製の絵はがきの一つの、「円盤投手《ディスカスヴェルフェル》」と云うのに少し似ていた。そしてそれが下級生たちに彼を偶像化させていた。が、彼は誰に向っても、何時も人を馬鹿にしたような表情を浮べていた。私はそういう彼の気に入りたいと思った。私はその植物実験室のなかへ這入っていった。

そこには魚住ひとりしかいなかった。彼は毛ぶかい手で、不器用そうに何かのプレパラアトをつくっていた。そしてときどきツアイスの顕微鏡でそれを覗いていた。それからそれを私にも覗かせた。私はそれを見るためには、身体を海老のように折り曲げて居なければならなかった。

「見えるか？」

「ええ……」

私はそういうぎごちない姿勢を続けながら、しかしもう一方の、顕微鏡を見ていない眼でもって、そっと魚住の動作を窺っていた。すこし前から私は彼の顔が異様に変化しだしたのに気づいていた。そこの実験室の中の明るい光線のせいか、それとも彼が何時もの仮面をぬいでいるせいか、彼の頬の肉は妙にたるんでいて、その眼は真赤に充血していた。そして口許にはたえず少女のような弱々しい微笑をちらつかせていた。私は何とはなしに、今のさっき見たばかりの一匹の蜜蜂と見知らない真白な花のことを思い出した。彼の熱い呼吸が私の頬にかかって来た。……

私はついと顕微鏡から顔を上げた。

「もう、僕……」と腕時計を見ながら、私は口ごもるように云った。

「教室へ行かなくっちゃ……」

「そうか」

いつのまにか魚住は巧妙に新しい仮面をつけていた。そしていくぶん青くなっている私の顔を見下ろしながら、彼は平生の、人を馬鹿にしたような表情を浮べていた。


五月になってから、私たちの部屋に三枝《さえぐさ》と云う私の同級生が他から転室してきた。彼は私より一つだけ年上だった。彼が上級生たちから少年視されていたことはかなり有名だった。彼は瘦せた、静脈の透いて見えるような美しい皮膚の少年だった。まだ薔薇いろの頰の所有者、私は彼のそういう貧血性の美しさを羨んだ。私は教室で、屢《しばしば》、教科書の蔭から、彼のほっそりした頸《くび》を偸《ぬす》み見ているようなことさえあった。

夜、三枝は誰よりも先に、二階の寝室へ行った。

寝室は毎夜、規定の就眠時間の十時にならなければ電灯がつかなかった。それだのに彼は九時頃から寝室へ行ってしまうのだった。私はそんな闇のなかで眠っている彼の寝顔を、いろんな風に夢みた。

しかし私は習慣から十二時頃にならなければ寝室へは行かなかった。

或る夜、私は喉《のど》が痛かった。私はすこし熱があるように思った。私は三枝が寝室へ行ってから間もなく、西洋蠟燭を手にして階段を昇って行った。そして何の気なしに自分の寝室のドアを開けた。そのなかは真暗だったが、私の手にしていた蠟燭が、突然、大きな鳥のような恰好をした異様な影を、その天井に投げた。それは格闘か何んかしているように、無気味に、揺れ動いていた。私の心臓はどきどきした。……が、それは一瞬間に過ぎなかった。私がその天井に見出した幻影は、ただ蠟燭の光りの気まぐれな動揺のせいらしかった。何故なら、私の蠟燭の光りがそれほど揺れなくなった時分には、ただ、三枝が壁ぎわの寝床に寝ているほか、その枕もとに、もうひとりの大きな男が、マントをかぶったまま、むっつりと不機嫌そうに坐っているのを見たきりであったから。……

「誰だ?」とそのマントをかぶった男が私の方をふりむいた。

私は惶《あわ》てて私の蠟燭を消した。それが魚住らしいのを認めたからだった。私はいつかの植物実験室の時から、彼が私を憎んでいるにちがいないと信じていた。私は黙ったまま、三枝の隣りの、自分のうす汚れた蒲団の中にもぐり込んだ。

三枝もさっきから黙っているらしかった。

私の悪い喉をしめつけるような数分間が過ぎた。その魚住らしい男はとうとう立上った。そして何も云わずに暗がりの中で荒あらしい音を立てながら、寝室を出て行った。その足音が遠のくと、私は三枝に、

「僕は喉が痛いんだ……」とすこし具合が悪そうに云った。

「熱はないの？」彼が訊いた。

「すこしあるらしいんだ」

「どれ、見せたまえ……」

そう云いながら三枝は自分の蒲団からすこし身体をのり出して、私のずきずきする顳顬《こめかみ》の上に彼の冷たい手をあてがった。私は息をつめていた。それから彼は私の手首を握った。私の脈を見るのにしては、すこしへんてこな握り方だった。それだのに私は、自分の脈搏《みゃくはく》の急に高くなったのを彼に気づかれはしまいかと、それはばかり心配していた。……

翌日、私は一日中寝床の中にもぐりながら、これからも毎晩早く寝室へ来られるため、私の喉の痛みが何時までも癒らなければいいとさえ思っていた。

数日後、夕方から私の喉がまた痛みだした。私はわざと咳をしながら、三枝のすぐ後から寝室に行った。しかし、彼の床はからっぽだった。何処へ行ってしまったのか、彼はなかなか帰って来なかった。

一時間ばかり過ぎた。私はひとりで苦しがっていた。私は自分の喉がひどく悪いように思い、ひょっとしたら自分はこの病気で死んでしまうかも知れないなぞと考えたりしていた。

彼はやっと帰って来た。私はさっきから自分の枕許に蠟燭をつけぱなしにして置いた。その光りが、服をぬごうとして身もだえしている彼の姿を、天井に無気味に映した。私はいつかの晩の幻を思い浮べた。私は彼に今まで何処へ行っていたのかと訊いた。彼は眠れそうもなかったからグラウンドを一人で散歩して来たのだと答えた。それはいかにも嘘らしい云い方だった。が、私はなんにも云わずにいた。

「蠟燭はつけて置くのかい？」彼が訊いた。

「どっちでもいいよ」

「じゃ、消すよ……」

そう云いながら、彼は私の枕許の蠟燭を消すために、彼の顔を私の顔に近づけてきた。私は、その長い睫毛のかげが蠟燭の光りでちらちらしている彼の頬を、じっと見あげていた。私の火のようにほてった頬には、それが神々しいくらい冷たそうに感ぜられた。

私と三枝との関係は、いつしか友情の限界を超え出したように見えた。しかしそのように三枝が私に近づいてくるにつれ、その一方では、魚住がますます寄宿生たちに対して乱暴になり、時々グラウンドに出ては、ひとりで狂人のように円盤投げをしているのが、見かけられるようになった。

そのうちに学期試験が近づいてきた。寄宿生たちはその準備をし出した。魚住がその試験を前にして、寄宿舎から姿を消してしまったことを私たちは知った。しかし私たちは、それについては口をつぐんでいた。

夏休みになった。

私は三枝と一週間ばかりの予定で、或る半島へ旅行しようとしていた。

或るどんよりと曇った午前、私たちはまるで両親をだまして悪戯かなんかしようとしている子供らのように、いくぶん陰気になりながら、出発した。

私たちはその半島の或る駅で下り、そこから一里ばかり海岸に沿った道を歩いた後、鋸《のこぎり》のような形をした山にいだかれた、或る小さな漁村に到着した。宿屋はもの悲しかった。暗くなると、何処からともなく海草の香りがして来た。少婢《しょうひ》がランプをもって入ってきた。私はそのうす暗いランプの光りで、寝床へ入ろうとしてシャツをぬいでいる、三枝の裸かになった背中に、一ところだけ背骨が妙な具合に突起しているのを見つけた。私は何だかそれがいじって見たくなった。そして私はそこのところへ指をつけながら、

「これは何だい？」と訊いて見た。

「それかい……」彼は少し顔を赤らめながら云った。「それは脊椎カリエスの痕なんだ」

「ちょっといじらせない？」

そう云って、私は彼を裸かにさせたまま、その背骨のへんな突起を、象牙でもいじるように、何度も撫でて見た。彼は目をつぶりながら、なんだか擽《くすぐ》ったそうにしていた。

翌日もまたどんよりと曇っていた。それでも私たちは出発した。そして再び海岸に沿った小石の多い道を歩き出した。いくつか小さな村を通り過ぎた。だが、正午頃、それらの村の一つに近づこうとした時分になると、今にも雨が降って来そうな暗い空合になった。それに私たちはもう歩きつかれ、互にすこし不機嫌になっていた。私たちはその村へ入ったら、いつ頃乗合馬車がその村を通るかを、尋ねて見ようと思っていた。

その村へ入ろうとするところに、一つの小さな板橋がかかっていた。そしてその板橋の上には、五六人の村の娘たちが、めいめいに魚籠《びく》をさげながら、立ったままで、何かしゃべっていた。私たちが近づくのを見ると、彼女たちはしゃべるのを止めた。そして私たちの方を珍らしそうに見詰めていた。私はそれらの少女たちの中から、一人の眼つきの美しい少女を選び出すと、その少女ばかりじっと見つめた。彼女は少女たちの中では一番年上らしかった。そして彼女は私がいくら無作法に見つめても、平気で私に見られるがままになっていた。そんな場合にあらゆる若者がするであろうように、私は短い時間のうちに出来るだけ自分を強くその少女に印象させようとして、さまざまな動作を工夫した。そして私は彼女と一ことでもいいから何か言葉を交わしたいと思いながら、しかしそれも出来ずに、彼女のそばを離れようとしていた。そのとき突然、三枝が歩みを弛めた。そして彼はその少女の方へずかずかと近づいて行った。私も思わず立ち止りながら、彼が私に先廻りしてその少女に馬車のことを尋ねようとしているらしいのを認めた。

私はそういう彼の機敏な行為によってその少女の心に彼の方が私よりも一そう強く印象されはすまいかと気づかった。そこで私もまた、その少女に近づいて行きながら、彼が質問している間、彼女の魚籠の中をのぞいていた。

少女はすこしも羞《はに》かまずに彼に答えていた。彼女の声は、彼女の美しい眼つきを裏切るような、妙に咳枯《しやが》れた声だった。が、その声がわりのしているらしい少女の声は、かえって私をふしぎに魅惑した。

今度は私が質問する番だった。私はさっきからのぞき込んでいた魚籠を指さしながら、おずおずと、その小さな魚は何という魚かと尋ねた。

「ふふふ……」

少女はさも可笑しくって溜らないように笑った。それにつれて、他の少女たちもどっと笑った。よほど私の問い方が可笑しかったものと見える。私は思わず顔を赤らめた。そのとき私は、三枝の顔にも、ちらりと意地悪そうな微笑の浮んだのを認めた。

私は突然、彼に一種の敵意のようなものを感じ出した。

私たちは黙りあって、その村はずれにあるという乗合馬車の発着所へ向った。そこへ着いてからも馬車はなかなか来なかった。そのうちに雨が降ってきた。空《す》いていた馬車の中でも、私たちは殆ど無言だった。そして互に相手を不機嫌にさせ合っていた。夕方、やっと霧のような雨の中を、宿屋のあるという或る海岸町に着いた。そこの宿屋も前日のうす汚い宿屋に似ていた。同じような海草のかすかな香り、同じようなランプの仄あかりが、僅かに私たちの中に前夜の私たちを蘇らせた。私たちは漸《ようや》く打解けだした。私たちは私たちの不機嫌を、旅先きで悪天候ばかりを気にしているせいにしようとした。そしてしまいに私は、明日汽車の出る町まで馬車で一直線に行って、ひと先ず東京に帰ろうではないかと云い出した。彼も仕方なさそうにそれに同意した。

その夜は疲れていたので、私たちはすぐに寝入った。……明け方近く、私はふと目をさました。三枝は私の方に背なかを向けて眠っていた。私は寝巻の上からその背骨の小さな突起を確めると、昨夜のようにそれをそっと撫でて見た。私はそんなことをしながら、ふときのう橋の上で見かけた、魚籠をさげた少女の美しい眼つきを思い浮べた。その異様な声はまだ私の耳についていた。三枝がかすかに歯ぎしりをした。私はそれを聞きながら、またうとうとと眠り出した。……

翌日も雨が降っていた。それは昨日より一そう霧に似ていた。それが私たちに旅行を中止することを否応なく決心させた。

雨の中をさわがしい響をたてて走ってゆく乗合馬車の中で、それから私たちの乗り込んだ三等客車の混雑のなかで、私たちは出来るだけ相手を苦しめまいと努力し合っていた。それはもはや愛の休止符だ。そして私は何故かしら三枝にはもうこれっきり会えぬように感じていた。彼は何度も私の手を握った。私は私の手を彼の自由にさせていた。しかし私の耳は、ときどき、何処からともなく、ちぎれちぎれになって飛んでくる、例の少女の異様な声ばかり聴いていた。

別れの時はもっとも悲しかった。私は、自分の家へ帰るにはその方が便利な郊外電車に乗り換えるために、或る途中の駅で汽車から下りた。私は混雑したプラットフォームの上を歩き出しながら、何度も振りかえって汽車の中にいる彼の方を見た。彼は雨でぐっしょり濡れた硝子窓に顔をくっつけて、私の方をよく見ようとしながら、かえって自分の呼吸でその硝子を白く曇らせ、そしてますます私の方を見えなくさせていた。

八月になると、私は私の父と一しょに信州の或る湖畔へ旅行した。そして私はその後、三枝には会わなかった。彼は屢《しばしば》、その湖畔に滞在中の私に、まるでラヴ・レタアのような手紙をよこした。しかし私はだんだんそれに返事を出さなくなった。すでに少女らの異様な声が私の愛を変えていた。私は彼の最近の手紙によって彼が病気になったことを知った。脊椎カリエスが再発したらしかった。が、それにも私は遂に手紙を出さずにしまった。

秋の新学期になった。湖畔から帰ってくると、私は再び寄宿舎に移った。しかし其処ではすべてが変っていた。三枝はどこかの海岸へ転地していた。魚住はもはや私を空気を見るようにしか見なかった。……冬になった。或る薄氷りの張っている朝、私は校内の掲示板に三枝の死が報じられてあるのを見出した。私はそれを未知の人でもあるかのように、ぼんやりと見つめていた。

それから数年が過ぎた。

その数年の間に私はときどきその寄宿舎のことを思い出した。そして私は其処に、私の少年時の美しい皮膚を、丁度灌木《かんぼく》の枝にひっかかっている蛇の透明な皮のように、惜しげもなく脱いできたような気がしてならなかった。——そしてその数年の間に、私はまあ何んと多くの異様な声をした少女らに出会ったことか！　が、それらの少女らは一人として私を苦しめないものはなく、それに私は彼女らのために苦しむことを余りにも愛していたので、そのために私はとうとう取りかえしのつかない打撃を受けた。

私ははげしい喀血後、嘗《かつ》て私の父と旅行したことのある大きな湖畔に近い、或る高原のサナトリウムに入れられた。医者は私を肺結核だと診断した。が、そんなことはどうでもいい。ただ薔薇がほろりとその花弁を落すように、私もまた、私の薔薇いろの頬を永久に失ったまでのことだ。

私の入れられたそのサナトリウムの「白樺」という病棟には、私の他には一人の十五六の少年しか収容されていなかった。

その少年は脊椎カリエス患者だったが、もうすっかり恢復期にあって、毎日数時間づつヴェランダに出ては、せっせと日光浴をやっていた。私が私のベッドに寝たきりで起きられないことを知ると、その少年はときどき私の病室に見舞いにくるようになった。或る時、私はその少年の日に黒く焼けた、そして唇だけがほのかに紅い色をしている細面《ほそおもて》の顔の下から、死んだ三枝の顔が透かしのように現われているのに気がついた。その時から、私はなるべくその少年の顔を見ないようにした。

或る朝、私はふとベッドから起き上って、こわごわ一人で、窓際まで歩いて行って見たい気になった。それほどそれは気持のいい朝だった。私はそのとき自分の病室の窓から、向うのヴェランダに、その少年が猿股もはかずに素っ裸になって日光浴をしているのを見つけた。彼は少し前屈《まえこご》みになりながら、自分の体の或る部分をじっと見入っていた。彼は誰にも見られていないと信じているらしかった。私の心臓ははげしく打った。そしてそれをもっとよく見ようとして、近眼の私が目を細くして見ると、彼の真黒な背なかにも、三枝のと同じような特有な突起のあるらしいのが、私の眼に入った。

私は不意に目まいを感じながら、やっとのことでベッドまで帰り、そしてその上へ打つ伏せになった。

少年は数日後、彼が私に与えた大きな打撃については少しも気がつかずに、退院した。

# 満願

太宰 治

**太宰《だざい》 治《おさむ》**（一九〇九～一九四八）

青森県生まれ。東京大学中退。大学入学のため上京し、井伏鱒二に師事する。在学中は非合法運動に関係するが脱落、酒場の女性と心中をはかるも一人助かる。一九三五年「逆行」が芥川賞の次席となり、翌年、第一小説集『晩年』を刊行。私生活が乱れていたが、一九三九年、井伏鱒二の世話で石原美知子と結婚すると安定し『女生徒』『富嶽百景』『走れメロス』などの秀作を発表する。戦後は織田作之助、坂口安吾らと共に無頼派の旗手となり、没落華族を描いたベストセラー『斜陽』は、斜陽族という流行語も生んだ。一九四八年、『人間失格』を脱稿した一月後に山崎富栄と玉川上水で入水自殺した。

これは、いまから、四年まえの話である。私が伊豆の三島の知り合いのうちの二階で一夏を暮し、ロマネスクという小説を書いていたころの話である。或る夜、酔いながら自転車に乗りまちを走って、怪我をした。右足のくるぶしの上のほうを裂いた。疵は深いものではなかったが、それでも酒をのんでいたために、出血がたいへんで、あわててお医者に駈けつけた。まち医者は三十二歳の、大きくふとり、西郷隆盛に似ていた。たいへん酔っていた。私と同じくらいにふらふら酔って診察室に現われたので、私は、おかしかった。治療を受けながら、私がくすくす笑ってしまった。するとお医者もくすくす笑い出し、とうとうたまりかねて、ふたり声を合せて大笑いした。

その夜から私たちは仲良くなった。お医者は、文学よりも哲学を好んだ。私もそのほうを語るのが、気が楽で、話がはずんだ。お医者の世界観は、原始二元論ともいうべきもので、世の中の有様をすべて善玉悪玉の合戦と見て、なかなか歯切れがよかった。私は愛という単一神を信じたく内心つとめていたのであるが、それでもお医者の善玉悪玉の説を聞くと、うっとうしい胸のうちが、一味爽涼を覚えるのだ。たとえば、宵の私の訪問をもてなすのに、ただちに奥さんにビールを命ずるお医者自身は善玉であり、今宵はビールでなくブリッヂ（トランプ遊戯の一種）いたしましょう、と笑いながら提議する奥さんこそは悪玉である、というお医者の例証には、私も素直に賛成した。奥さんは、小がらの、おたふくがおであったが、色が白く上品であった。子供はなかったが、奥さんの弟で沼津の商業学校にかよっているおとなしい少年がひとり、二階にいた。

お医者の家では、五種類の新聞をとっていたので、私はそれを読ませてもらいにほとんど毎朝、散歩の途中に立ち寄って、三十分か一時間お邪魔した。裏口からまわって、座敷の縁側に腰をかけ、奥さんの持って来る冷い麦茶を飲みながら、風に吹かれてぱらぱら騒ぐ新聞を片手でしっかり押えつけて読むのであるが、縁側から二間と離れていない、青草原のあいだを水量たっぷりの小川がゆるゆる流れていて、その小川に沿った細い道を自転車で通る牛乳配達の青年が、毎朝きまって、おはようございます、と旅の私に挨拶した。その時刻に、薬をとりに来る若い女のひとがあった。簡単服《かんたんふく》に下駄をはき、清潔な感じのひとで、よくお医者と診察室で笑い合っていて、ときたまお医者が、玄関までそのひとを見送り、

「奥さま、もうすこしのご辛棒ですよ。」と大声で叱咤することがある。

お医者の奥さんが、或るとき私に、そのわけを語って聞かせた。小学校の先生の奥さまで、先生は、三年まえに肺をわるくし、このごろずんずんよくなった。お医

者は一所懸命で、その若い奥さまに、いまがだいじのところと、固く禁じた。奥さまは言いつけを守った。それでも、ときどき、なんだか、ふびんに伺うことがある。お医者は、その都度、心を鬼にして、奥さまもうすこしのご辛棒ですよ、と言外に意味をふくめて叱咤するのだそうである。

八月のおわり、私は美しいものを見た。朝、お医者の家の縁側で新聞を読んでいると、私の傍に横坐りに坐っていた奥さんが、

「ああ、うれしそうね。」と小声でそっと囁いた。

ふと顔をあげると、すぐ眼のまえの小道を、簡単服を着た清潔な姿が、さっさっと飛ぶようにして歩いていった。白いパラソルをくるくるっとまわした。

「けさ、おゆるしが出たのよ。」奥さんは、また、囁く。

三年、と一口にいっても、――胸が一ぱいになった。年つき経つほど、私には、あの女性の姿が美しく思われる。あれは、お医者の奥さんのさしがねかも知れない。

# 青塚氏の話

谷崎潤一郎

谷崎潤一郎《たにざきじゅんいちろう》（一八八六〜一九六五）

東京生まれ。東京大学中退。大学在学中に和辻哲郎らと第二次『新思潮』を創刊、同誌に『象』『刺青』『麒麟』などを発表して注目を集め、マゾヒズムと悪女を讃美する『お艶殺し』『異端者の悲しみ』などで独自の境地を開く。関東大震災後に関西に移住した後は、男を翻弄するモダン・ガールを描く『痴人の愛』、女性の同性愛を題材にした『卍』などの傑作を発表。一九三〇年代に入ると、『蘆刈』『春琴抄』などで古典回帰を強める。戦後は、戦時中に発禁になった『細雪』を完結させる一方、大胆な性描写を織り込んだ『鍵』や『瘋癲老人日記』を刊行。『鍵』の猥褻性は国会で問題視された。

由良子は夫の中田が死んだのは肺病のためだと思っていた。今でも彼女はそう思い、世間もそう思っているのであるが、中田自身は、そうは思っていなかったらしい。それは中田が最後の息を引き取った部屋、――須磨の貸別荘の病室に於いて発見された遺書を見れば分るのである。

で、ここにその遺書を掲げる前に知って置いて貰いたいことは、由良子が一とかどのスタアとして売り出すようになったのは、その体つきが持っていた魅力のせいには違いないが、一つには死んだ夫のお蔭でもあったと云うことである。中田は彼女が十六七の頃、ほんのちょっとした一場面へ出るエキストラとして働いていたのを、多くの女優の卵どもの中から早くも見出したのであった。彼は自分の地位を利用して、だんだん彼女を引き立てるように努めてやったので、結果は何処の撮影所にも有りがちな、監督と女優の恋、朋輩どもの嫉妬や蔭口、それからおおびらな同棲にまで事が進んでしまったのは、由良子が十八の時であった。彼女の方には最初は純な気持ちの外に、此の男を頼って出世をしようと云う野心も手伝ってはいたであろう、が、結婚してから後の彼女はついぞ浮気などしたことはなく、はたの見る眼も羨ましい仲であった、現に中田があんなに衰弱して死んだのも、あんまり彼女が可愛がり過ぎたからだと云う噂さえもあるくらいに。

彼女は健康で運動好きで、そのしなやかな体には野蛮と云ってもいいくらいな逞ましい精力が溢れていたから、そんな噂もあながち無理ではないのである。去年の秋に夫が須磨へ転地してからも、撮影の合間に始終訪ねて行ったものだが、それは必ずしも看病のためとは云えなかった。夫はあの患者の常として、肉は痩せても愛欲の念は却って不断より盛んであった。そして由良子がさし出す腕を待ち構えていたばかりでなく、病気の感染をも恐れずに、恋の歓楽を最後の一滴まで啜ろうとする彼女の情熱を、どんなに感謝したか知れなかった。そう云うことが積り積って、結局夫の死を早めたのであろうことは由良子も認めない訳に行かない。しかし夫が喜んでその死を択《えら》んだ以上、それで差支えないのではないか。彼女としてもああするより外、あの場合仕方のないことであった。自分にも夫と同じような、盛んな愛欲が身内に燃えていた。そのために自分が浮気をしたのなら悪いけれども、夫の望む死を死なせてやったのである。もう此の世から消えて行く火に、自分の魂の火を灼きつかせて、思いの限り炎を掻き上げてやったのである。中田は定めし心おきなくあの世へ行くことが出来たであろう。彼は恋人と結婚してから僅か四年しか生きなかったとは云うものの、二十五歳から二十九歳まで、——由良子の十八歳から二十二歳まで、——つまり人生の一番花やかな時代を楽しみ、幸い彼女にも裏切られることなく、いやないさかいを一度もせずに済んだのであった。由良子にしても自分の性質や今後のことを考えると、中田との恋を円満なもので終らせるためには、ここで彼が死んでくれたのが都合が好かったような気もする。夫にもっと生きていられたら、いつ迄おとなしくしていられたか、それは自分でも保証の限りではないのである。彼女は最早や監督の愛護に依らないでも、或る一定のファンの間には容易に忘れられない地歩を築いていた。要するに映画の女優なんて、芸より美貌と肢体なのだ。どんな筋書の、どんな原作でも同じことで、笑う時には綺麗な歯並びを見せびらかすこと、泣く時には涙で瞳を光らせること、活劇の時には着物の下の肉の所在が分るようにすることを、忘れないで芝居していればいいのであった。あの女優は下手糞だ、いつもする事が極まっていると云いながら、それでも見物は喜んでいるので、時々裸体を見せてやれば一層喝采するのであった。中田が彼女の絵を作る時も、実は此のコツで行ったのであって、監督が一人の女優を——殊に自分の愛する女を——スタアに仕立て上げるためには、芸を教え込むよりも監督自身がその女の四肢の特長をはっきりと摑み、それの一々の変化を究めて、そこから無限に生れて来る美を発展させればいいのであると、そう云うのが彼の持論であった。彼女は中田の監督の下に幾種類もの絵巻きを撮ったが、それらは「劇」と云うよりも有りと有らゆる光線の雨と絹の流れに浴《ゆあ》みするところの、一つの若い肉体が示したいろいろのポーズの継ぎ合わせであるに過ぎない。彼女は何万尺とあるセルロイドの膜の一とコマ一とコマへ、体で印を捺して行けばよかった。つまり彼女と云う印材に中田はさまざまな記号を彫り、朱肉を吟味し、位置を考えて、それを上等な紙質の上へ鮮明に浮かび出させたのである。由良子は亡夫にそれだけの恩を負っていることは一生感謝するけれども、一とたび印材の良質であることが認められれば、朱肉や、位置や、紙質は第二の問題であり、彫り手はいくらでも居るであろうし、まかり間違えば印材のままでもつぶしが利くことを知っている。だから中田に死なれても狼狽や不安を感ずるよりは、いささか恩を返したと云う心持ちの方が強かった。夫の臨終の枕もとに据わって彼女が洩らした溜息の中には、重い責任を首尾よく果たし終せた人の、満足に似たものさえもあった。兎に角彼女は夫を無事にあの世へ送り届けたのである。行く先のことは分らないけれども、今の彼女は何の疚《やま》しいところもなしに、蠟《ろう》のように白い夫の死顔を気高しとも見、美しいとも見て、まだ消えやらぬ愛着のうちに身を置きながら、仏の前に合掌することが出来たのである。

さて前に云う遺書は、遺骨を持って貸別荘を引き上げる時に机の抽き出しから出たのであるが、それを彼女が読んだのは四五日過ぎてからであった。彼女は最初古新聞紙に包んである菊版の書物のようなものが、遺書であろうとは気が付かなかったし、又そんなものを夫が書き遺して行ったろうとは、少しも期待していなかった。そして糊着けになっているその新聞紙を破いて見たのも、ほんの気紛れからであった。新聞紙の下には又もう一と重新聞紙が露われ、その表面に「ゆら子どの、極秘親展」と毛筆で太く記されていた。二重に包まれた中から出て来たのは、背革に金の唐草の線の這入った、簿記帳のような体裁をした二百ページほどの帳面で、それへ細々と鉛筆で認めてあった。病人は須磨へ転地してから、ものうい海岸の波の音を聞きながら臥たり起きたりして暮らしていた一年近い月日の間に、暇にまかせて病床日誌を附けるように書きつづけて行ったのであろう。非常に長い分量のもので、鉛筆の痕がもうところどころ紙にこすれて薄くなっていた。なんにも胸に覚えのない由良子は、亡夫が何を打ち明けようとするのか不思議な感じに打たれたのであったが、やがて彼女を軽い戦慄に導いたところの奇異な内容、死んだ人間がそのために死を招いたと信じていたところの事実に就いては、下に掲げる遺書自らが語るであろう。――

＊　＊　＊　＊　＊　＊　＊　＊　＊　＊

大正×年×月×日

私は今日から、生きている間はお前に打ち明けない積りであった或る事柄を此処に書き留めて行こうと思う。と云う訳は、私は矢張り生きられそうにも思えないからだ。ゆうべお前が帰る時にいろいろ力をつけてくれたり慰めてくれたりしたけれども、あれから独り考えて見ると、どうも自分の運命は一直線に「死」を目指しているような気がする。そうしてそれが今の私には不安ではなく、却って一種のあきらめに似た安心になってしまったようだ。二十九やそこらで死ぬのは惜しいが、私はお前の若い美しい盛りの時を私の物にした。その上お前にこんなにも深く愛されながら逝くことを思えば、そう不仕合わせな一生でもない。こう云えばお前は、あたしだってまだ二十二だから盛りの時が過ぎ去ったと云う歳でもなし、此れからもっと美しくなり、もっとあなたを愛して上げますと云うかも知れない。しかし私は、今その事を書いて行くのだが、実は肺病で死ぬのではなく、外に原因があって死ぬのだ。その事が私を病気にし、生きる力を私から奪ってしまった。私に取ってはその事が「死」だった。それは恐らくお前が聞いて気持ちのいいことではなさそうだから、いっそ永久に知らせまいかとも思うのだけれど、そうかと云って、せめてお前にでも訴えないで死んでしまうのは、あんまり情ない気がしてならない。全く考えように依っては、こんなことで一人の人間が死ぬなんて、馬鹿馬鹿しいようなことでもあるのだ。が、まあ兎も角も聞いて貰おう、少し読めば分るように、此れはお前と云うものにも至大の関係があるのだから。

　話はずっと前のことだが、私がまだ達者でいた時分、――あれは一昨年の五月の半ば頃だったと思う。或る雨の降る晩に、私は京極のカフェー・グリーンで一人の見知らない男とさし向いに、洋食の皿をつッついていた。何でもお前の「黒猫を愛する女」が封切りされた日で、私は池上や椎野と一緒に「ミヤコ・キネマ」へあの絵を見に行った帰りだった。尤もカフェーへ寄ったのは私一人で、二人は外に行く処があって別れたのらしい。見知らない男は私より前に来ていたので、私は何気なく、彼のさし向いの椅子が空いていたから腰を下した。それからやや暫くの間は、黙ってテーブルを挟んでいたに過ぎなかったが、そのうちに斯《こ》う、彼は妙にジロジロと私の顔を見て、時々口辺に微笑を浮かべながら、何か話しかけたそうにしている。それは人の好い男が酔っ払って、（彼はチーズを肴にしてウイスキーを飲んでいた。）相手欲しやの時に示すあの態度なので、可愛げのある、とても憎めない眼つきをしていた。いつもなら斯う云う場合に、私の方から早速話しかけるのだけれど、その晩は此方に酒の気がなかったし、それにその男は四十恰好の上品な紳士だったから、そう不作法に打っかる訳にも行かなかった。彼の様子には大変人なつッこい所もあるが、臆病な、はにかむような、女性的な所もあるようだった。彼が私の方を向いたり笑ったりするのも、極めて遠慮がちにやるので、大概は此方へ横顔を見せるように斜《はす》ッかいに腰かけ、両脚の間へスネーク・トゥリーのステッキを立てて、その柄の握りを頤《おとがい》の下へ突ッかい棒にしながら、独りでモジモジしているのだ。そんな工合で、私が食後の紅茶を飲みにかかる迄はとうとうきッかけがなかったんだが、やがて突然、

「失礼ですが、君は映画監督の中田進君ではないですか。」

と、思い切ったように声をかけた。

私は改めて彼の顔を見上げたけれど、――雨に濡れたクレバネットの襟を立てて、台湾パナマの帽子を被っているその目鼻立ちは、全く覚えがないのであった。

「ええ、そうですが、忘れていたら御免下さい、何処かでお目に懸ったことがありましたかしら?」

「いいえ、今夜が始めてですよ。君はさっきミヤコ・キネマにおられたでしょう。

僕はあの時君等の後ろにいたもんですから、話の模様で君が中田君だと云うことが分ったんです。」

「ああ、あの絵を御覧になりましたか。」

「ええ、見ました。僕は深町由良子嬢の絵は殆んど総べて見ていますよ。」

「それは有難いですな、大いに感謝いたします。」

そう云ったのは、中学生や何かと違って、分別のあるハイカラそうな紳士が云うのだから、私にしてもちょっと嬉しく感じたのだ。すると彼は、

「いゃあ、そういわれると恐縮だな、感謝は寧ろ僕の方からしなけりゃあならん。」

と、きれいに搾った杯をカチンと大理石の卓に置いて、例のステッキの握りの上に載せた顔を、私の方へ間近く向けた。

「こう云うとお世辞のようだけれど、日本の映画で見るに足るものは、君の物だけだと僕は思う。どうも日本人は下らないセンチメンタリズムに囚われるんで、芝居でも活動でも湿っぽいものが多いんだけれど、君の写真は非常に晴れやかで享楽的に出来ていますね。活動写真と云うものは要するにあれでなけりゃあいかん。僕はああ云う映画を見ると、日本が明るくなったような気がして、頗《すこぶ》る愉快に感じるんです。」

「そう云って下さる人ばかりだといいんですがね、中には亜米利加の真似だと云って、ひどくくさす人があるんですよ。」

「なあに、亜米利加の真似で差支えない、面白くさえありゃあいいんだ。尤もそれを下手に真似られちゃあ困りものだが、君はたしかに亜米利加の監督と同じ理想、同じ感覚で絵を作っている。あれなら亜米利加人が見たって決して滑稽に感じやしない。どうですか君、君の映画を西洋人に見せたことはないですか。」

「いや、どうしまして、まだまだとてもお恥かしくって、……」

「そんなことはない、それは君の謙遜じゃあないかな。僕なんぞは君、此の頃西洋物よりも君の絵の方を余計見ているくらいなんだが、西洋物にちっとも劣らない印象を受ける。時にはそれ以上の感興を覚える。……」

「どうもそいつは、……そいつは少し擽《くすぐ》ったいなあ。」

どういう了見か分らないが、余りその男が褒め過ぎるんで、私は少しショゲたのだった。さればと云って、その男は人を茶化している様子でもなかった。私はただ、彼が見かけよりは恐ろしく酔っているらしいことに気がついただけで、それは屢《しばしば》大酒家にある、飲むと眼がすわって、変に物言いが落ち着いて来て、血色が青ざめて来るたちの、あるねちねちした酔い方だった。だから一見したところでは、時々ジロリと鋭い瞳を注ぐ以外には殆んど真面目で、言葉の調子もいやにのろのろと気味が悪い程穏やかなのだ。

「いや君、ほんとうだよ、お世辞を云っているんじゃない。」

と、彼は泰然として云うのだった。

「けれども僕は、君の手柄ばかりだとは云わない。いくら監督がすぐれていてもそれに適当な俳優を得なければ駄目な訳だが、その点に於いて君は幸福な監督だと思う。由良子嬢は非常に君の趣味に合っている。全く君の映画のために生れて来たような婦人に見える。ああ云う女優がいなかったら、とても君の狙っている世界は出せないだろうな。——おい、おい、」

と、そこで彼は女給を呼んで「姐さん、ウィスキーを二杯持っておいで」と、その物静かな口調で命じた。

「僕ならお酒は頂きませんが。」

「まあいい、折角だから一杯附き合ってくれ給え。君の映画のために、そうして君と由良子嬢の健康のために祝杯を挙げよう。」

一体此の男は何商売の人間だろう？　新聞記者かしら？　弁護士かしら？　銀行会社の重役のようなもので、のらくら遊んでいる閑人《ひまじん》かしら？　と云うのは、最初は臆病らしく思えたが、だんだん話し込んでいるうちに何処か鷹揚なところがあって、私を子供扱いにする様子が見える。しかし私は先がそれだけの年配ではあり、気のいい伯父さんに対するような親しみもあるので、多少迷惑には思いながら、強いて逆らわないで彼の杯を快く受けた。

「ところであの、『黒猫を愛する女』と云うのは誰の原作ですか。」

「あれは僕が間に合わせに作ったんです。いつも大急ぎで作るもんですから、碌なものは出来ませんでね。」

「いや結構、あれでよろしい。由良子嬢には打ってつけの物だ。――由良子嬢が風呂へ這入っていると、あすこへ猫が跳び込んで来るシーンがあるが、あの猫はよく馴らしたもんだな。」

「あれは家に飼ってあるので、由良子に馴着いているんですよ。」

「ふうん、………それにしても、西洋では獣を巧く使うが、日本の写真では珍しいな。由良子嬢もいつもながら大変よかった。湯上りのところは殆んど半裸体のようだったが、ああ云う風をして見られるのは、日本の女優では由良子嬢だけだろう。なかなか大胆に写してある。」

と、何やら独りでうなずいているのだ。

「あすこン所は検閲がやかましくって弱ったんです。僕の作るものは一番当局から睨まれるんですが、今度の奴は西洋物以上に露骨だと云うんでね。」

「あははは、そうかも知れんね。風呂場から寝室へ出て来る時に、うすい絹のガウンを着て、逆光線を浴びるところ、――――」

「ええ、ええ、あすこ。あすこは二三尺切られましたよ。」

「あすこは体じゅうが透いて見えているからね。――――けれどもあれは今度が始めてじゃないじゃないか。あの程度の露骨なものは前にもあったように思うが、………あれはたしか、『夢の舞姫』と云うんだったか、………」

「ああ、あれも御覧になったんですか。」

「うん、見た。あン中にちょうど今度のシーンと同じようなところがある。尤もあれは風呂場じゃあなかった、由良子嬢が舞姫になって、楽屋で衣裳を着換えているところだったが、あの時は乳と腰の周りの外には何も着けていなかったようだね。君はあの時は逆光線を使わないで、由良子嬢の右の肩の角からずうッと下へ、脚の外側を伝わって靴の踵まで光のすじが流れるように、横から強い光線をあてたね。」

「ははあ、よく覚えておいでですなあ。」

私がちょっと呆れ返ったように云うと、

「うん、それは覚えている訳があるんだ。」

と、彼は得意そうにニヤニヤして、だんだんテーブルへ乗り出して来ながら、

「あの絵には由良子嬢の体の中で、今までフィルムに一度も現われなかった部分が、二箇所写されていたと思うね。君はあの絵で、始めて由良子嬢の臍《へそ》を見せたね。僕は乳房の下のところからみぞおちへ至る部分までは、前に『お転婆令嬢』の中で見たことがあったが、臍は未知の部分だった。あすこを見せてくれたのは大いに君に感謝している。……」

私は「夢の舞姫」の絵でお前の臍を写したことは、人から云われる迄もなくちゃんと覚えている。お前も多分あれを忘れはしないだろう。私はお前を撮影する時、お前の体のどんな細かい部分をも不用意に写したことはなかった。運動筋肉のよじれから生ずるたった一本の皺と雖《いえど》、それがフィルムに現われている以上、決して偶然に写ったのでなく、予め写るように計画したのだ。お前が体をどの方向へどれだけの角度に捩じ曲げれば、何処の部分に何本の皺が刻まれて、それらがどう云う線を描くかと云うことを、恰も複雑な物語の筋を組み立てるように詳しく調べてやったことだ。だからあの絵でも「お転婆令嬢」でも、成るほど此の男の云う通りには違いないので、私の苦心を彼がそんなに酌んでくれたのは有り難い仕合わせである

けれども、しかしどうも、………妙なことばかりいやに注意して見ている奴だ、と、そう思わずには居られなかった。ところが彼は私が変な顔つきをするのに頓着なく、お前の体に就いての智識を自慢するようにしゃべり続ける。

「けれども何だよ、由良子嬢の臍が深く凹《くぼ》んだ臍だと云うことは、――僕は出臍が嫌いなんだ。――実は前から知っていたんだ。それはほら、『夏の夜の恋』で、びっしょり濡れた海水服を着て海から上って来るだろう? あすこで体に引ッ着いている服の上から、臍の凹みがぼんやり分るね。君はあの凹みを見せるためにわざとあんなに服を濡らして、あすこン所をクローズアップにしたんじゃないかい? どうもなかなか皮肉な監督だ、ストローハイム式だと僕は思ったよ。――だがあの時は、兎に角服の上からだったが、『夢の舞姫』で確実に分った、やっぱり想像していた通りの臍だったと云うことが。」

「へえ、するとあなたはそんなに臍が気になりますかね。」

私は冷やかすように云ったが、彼は何処迄も真面目だった。

「臍ばかりじゃない、総べての部分が気になるさ。『夢の舞姫』に始めての所がもう一箇所ある。」

「何処に?」

「何処にッて、君が知らない筈はなかろう。」

「知りませんなあ、そう云う所があったかなあ。」

「あったとも。――足の裏だよ。」

彼は私が内心ぎょっとしたのを見ると、俄《にわ》かに声高く笑い出した。

「あははは、どうだい、ちゃんと中《あた》っただろう。何でもあれは、舞姫が素足で踊っていると、舞台に落ちているガラスの破片を踏んづける。可憐な舞姫は苦痛をこらえて踊りつづける。足の裏から血が流れて、舞台の上にぽたぽたと足の趾《あと》の血型がつく。その血型は斯う、爪先で歩いた恰好に、五本の趾が少し開いて印せられる。――そうだよ、僕は由良子嬢の足の親趾の指紋まで見た訳だよ。――それから、そうだ、踊ってしまうと、気がゆるんでばったり倒れる。それを舞姫に惚れている俳優が、抱き上げて楽屋へ担ぎ込む。椅子を二つ並べて、その上へ由良子嬢を臥《ねか》して、ガラスを抜き取ったり洗ったりする。その時俳優は傷口を調べるために、テーブルの上の置きランプを床におろして、下から光線が足の裏を照らすようにする。ね、あの時だよ、由良子嬢の足の裏が始めてほんとうによく見えたのは。――」

「では何ですか、あなたはそう云う所にばかり眼をつけていらっしゃるんですか。」

「ああ、まあそうだよ。君にしてもそう云う見物の心理を狙っているんじゃないかね。僕のような人間が居て、君の作品を君と同じ感覚を以て味わって、由良子嬢の体をこんなに綿密に見ているとしたら、それが君の望むところじゃないかね。」

「ま、そう云っちまえばそんなもんだが、何だかあなたは薄ッ気味が悪いや。」

その男の酔った瞳に、意地の悪い、気違いじみた光が輝やき出したのはその時だった。彼の顔色は前よりも青ざめ、唇のつやまでなくなっていた。私は何がなしに不吉な予覚を感じたが、今此の男に魅《みい》られたと云う形になって、逃げ出す訳にも行かなかった。それに私は当然一種の好奇心にも駆られていた。

「どんな事ですか、そのもう少し薄ッ気味が悪いッて云うのは?」

「う、まあ追い追い聞かせるがね。」

と、彼は又女給を呼んで、「ウィスキーをもう二つだよ」と叫んでから、

「君は由良子嬢の体に就いては、此の世の中の誰よりも自分が一番よく知っている積りなのかい?」

「だってそうでしょう、長年僕が監督している女優だし、それに何です、御承知かも知れませんが、あれは僕の女房なんです。」

「左様、君は由良子嬢の亭主だ。そこで僕は、亭主と僕と孰方《どっち》が由良子嬢の体の地理に通じているか、そいつを確かめてみたいと云う希望を持っているんだよ。こう

云うと君は、そんな物好きなことを考えるなんて不思議な奴だと思うだろうが、此処に一人の人間があって、その男はまだ、君の奥さんを一度も実際には見たことがないんだ。そうしてただフィルムの上で長い間研究して、君の奥さんの体じゅうの有らゆる部分を、肩はどう、胸はどう、臀《しり》はどうと云う風に、それをはっきり突き留めるためには或る場面のクローズアップを五たびも六たびも見に行ったりして、今では既に眼をつぶっても頭の中へその幻影が浮かび上る程、すっかり知り尽してしまったとする。そう云う人間が、或る晩偶然その女の亭主に、――――…………………と思われる男に出遇ったとしたら、今も云うような物好きな希望を持つのは当り前だよ。」

「ふうん、………そうすると、あなたがつまりその人間で、そんなに僕の女房の体を知っていると仰っしゃるんですか。」

「ああ、知っている、嘘だと思うなら何でも一つ聞いて見給え。」

私が黙って、眼をぱちくりさせている間に彼は躊躇なく言葉をついだ。

「たとえば由良子嬢の肩だがね、あの肩は厚みがあって、而《しか》も勾配がなだらかで、項《うなじ》の長いせいもあるが、耳の附け根から腕の附け根へ続く線が、もしもそれを側面から見ると、何処から腕が始まるのだか分らない程ゆるやかに見える。頸《くび》は豊かな脂肪組織に包まれていて、喉の骨や筋肉は殆んど見えない。纔《わず》かに横を向いた時に、耳の後ろの骨がほんの少し眼立つぐらいだ。ついでに背中の方へ廻ると、肩甲骨が、腕を自然に垂れた場合は矢張り脂肪で隠されている。が、さればと云って、二つの肩甲骨のくぎりが全然分らないのではない。なぜかと云うと由良子嬢の背中には異常に深い背筋が通っているからだ。そのために嬢の背中は、二つの円筒を密着させたように見える。そうして円筒と円筒との境目にある溝が背筋だ。その溝の凹みにはいつでも暗い蔭が出来ていて、余程強い光線を真正面からあてない限り、蔭が残らず消え失せることはめったにない。嬢が真っ直ぐに立った場合には、背筋の末端、腰の蝶番《ちょうつが》いあたりのところで、堆《うずた》かい臀の隆起が、一層その蔭を大きくさせる。嬢が体を左へねじると、ねじった方の脇腹へ二本の太いくびれが這入る。くびれとくびれの間の肉が一つの円い丘を盛り上げる。同時に右の脇腹の方に、肋骨《あばらぼね》の一番下の彎曲《わんきょく》だけが微かに現われる。………」

いやな奴だとは思いながら、此れを聞いている私の心には、お前の美しい背中の形が生き生きと浮んだ。お前も多分此処を読む時に、裸体になって鏡の前に立って見る気になりはしないか。そうして背筋の深さだの、脇腹に出来る二本のくびれだの、肋骨《あばらぼね》の露出だのを試しながら、いかに此の男がお前の写真をよく見ているかを想像して、私と同じ薄気味の悪さに襲われはしないか。……

「そうです、そうです、あなたの仰っしゃる通りですよ。そんなら背中以外の部分は？」

と、私は知らず識らず釣り込まれて、そう云わずにはいられなかった。するとその男は、

「君、鉛筆を持ってないかね。」

と、卓上にあった献立表の紙をひろげて、

「口で云ったんじゃまどろッこしいから、図を書きながら説明しよう。」

と云うのだった。そしてお前の腕はこう、手はこう、腿はこう、脛はこうと、順々にそこへ描き始めた。

彼の線の引き方には、どう考えても絵かきらしい技巧はなかった。（彼が絵かきでないと云う私の推察が中っていたことは、後になってから分ったのだが。）「此処のところがこんな工合で、此処が斯うで」と云いながら、ゆっくりゆっくりと不器用な線をなぞるようにして彼は描いた。時には眼をつぶって上を向いて、じーいッと脳裏の幻を視詰めるような塩梅だった。が、その怪しげな、たどたどしい鉛筆の跡が次第にでっち上げる拙い素描、幼稚な絵の中に、しろうとでなければとても書

けない変な細かさと、毒々しさと、下品さとを以て、執念深く実物に似せた形があるのだ。或る特長を小器用に捕えて、此れが誰の顔と分る程度の漫画式の似顔を書くなら、そんなにむずかしい業ではない。けれども彼の描くのは顔でないのだ。お前の腕、お前の指、お前の腿を切れ切れに描いて、それらが私の眼に訴える感じでは、決して外の誰のでもなく、お前のものに違いないのだ。彼はお前の体じゅうに出来るえくぼと云うえくぼ、皺と云う皺を皆知っていた。それは芸術とは云えないだろうが、何にしても驚くべき記憶力だ。そうして彼はその記憶するところのものを、一つも洩らさず寄せ集めて、丹念に紙の上へ表現するのだ。

　私はその後、有田ドラッグの店の前を通ると、此の男の書いた素描を想い出すことがしばしばあった。あの蠟細工の手だの首だのの、ぬらぬらした胸の悪い感じ、……それでいて何処か人間の皮膚らしい感じ、……此の男の絵はちょうどあれだった。たとえばお前の腿から膝のあたりを書くのに、此の男はお前が膝を伸ばしている時と「く」の字なりに曲げている時とで、膝頭のえくぼにどれだけの変化が出来、何処の肉が引き締まり、何処の肉がたるむと云う区別をつけて二た通りに書く。その肉のふくらみを現わすのには細かい線で陰翳を取って行くのだが、それが実にぬらぬらと、お前の肉置《ししお》きのもっちゃりとした心持ちをよく出しているのだ。

此の男は踵の円みから土踏まずへのつながりを描いただけで、お前の足を暗示させる。そうしてお前の足の第二趾が親趾よりも長いことや、それが大抵親趾の上へ重なっていることを見落していない。足の裏を書かせると、五本の趾の腹を写して、此れが小趾の腹、薬趾の腹だと云う風に、それぞれの特長を摑まえている。私にしてもお前の足の爪研きを手伝ったことがなかったら、こうまで詳しくは知りようがないし、きっと此の男に恥を掻かされたに違いなかろう。

「乳とお臀の恰好を知るのには苦心をしたよ。」

と、此の男は白状した。彼が云うには、お前の体で今までフィルムに露出されない部分と云っては殆んどないのだが、乳房の周囲と腰から臀の一部分だけが、どんな場合にも一と重の布で隠されていた。長い間、彼はその布の上に現われる凹凸の工合に注意していた。すると運よく「夢の舞姫」の時に、お前がシュミース一枚になって、そのシュミースの紐がゆるんでいることがあった。お前はそのなりで床に落ちている薔薇の花を拾った。拾った瞬間に体を前へ屈めたから、自然シュミースが下方へたるんで、紐のゆるんだ隙間から、――彼の形容詞に従えば「印度の処女の胸にあるような」完全にまんまるな、「二つの大きな腫物のように」根を張ったところの乳房が見えた。乳首までは見えなかったが、もうそれだけで彼にはお前の乳の全景を想像するのに充分だった。人間の体は、或る一箇所か二箇所を除いた外の部分が悉《ことごと》く分ってしまえば、その分らない部分に就いても、代数の方程式で既知数から未知数を追い出せるように、推理的に押し出せる。――彼はそう云う風にして、いろいろのシーンから既知の肉体の断片を集めて、それらに依って未知の部分、――お前の臀の筋肉のかげとひなたとが斯うでなければならないことを、割り出したと云うのだ。

「どうだね君、僕はまるで参謀本部の地図のように明細に、何処に山があり何処に川があるかと云うことを一々洩れなく絵に書けるんだよ。君は亭主だと云うけれども、こんなに精密に暗記しているかね。」

　テーブルの上には、もう何枚かの紙切れが散らばっていた。彼は献立表の裏へ一杯にその「地図」を書きつぶしてしまうと、やがてポケットから「ミヤコ・キネマ」のプログラムを探り出して、その裏へ書き、ナフキンペーパーの上へ書き、しまいには大理石の上にまで書いた。その仕事は彼に非常な興奮と悦楽とを与えるらしく、黙っていればまだ何枚でも書きそうにするのだ。

「もし、もし、もう分りました。もうそのくらいで沢山ですよ。とてもあなたには敵いませんや。」

「それから、――そうそう、活劇をやったり感情の激動を現わしたりする時に、息をはっはっと強くはずませることがあるね。そうすると斯う、此処の頸の附け根のところに、脂肪の下からほんのちょっぴり骨が飛び出すよ、こんな工合に、……」

「いや、――いやもう結構、もう好い加減に止めて下さい。」

「あはははは、だって君、君の最愛の女の裸体画を書いてるんだぜ。」

「それはそうだが、あんまり書かれると気持ちが悪いや。」

「そんなことを云ったって、君は年中女房のはだかを写真に撮って、飯を喰っているんじゃないか。それから見ると僕の方は割が悪いよ、此れだけ書けるようになるには容易なことじゃないんだがね。」

「分りました、分りました。僕は此の絵を貰って行きますよ。こいつを女房に見せてやります。」

私はそう云って、それらの紙切れを急いでポッケットへ捩じ込んだが、彼は内心お前に見せて貰いたいのか、それともそんなものは、書こうと思えばいくらでも書けるので惜しくもないのか、私のするままに任せていた。しかし私は、勿論此れをお前に見せる積りではなく、直きに破いて便所へ捨ててしまったが、見せたらお前は嘸《さぞ》かし胸を悪くしたろう。お前はお前の美しい体が、有田ドラッグの蠟細工にされたところを想像するがいい。……

「帰るならそこまで一緒に行こう」とその男が云うので、二人つれ立ってカフェーを出たのは九時頃だったろう。私は既に二時間近くも、此の何者とも分らない人間の酒の相手を勤めたのでありながら、どう云う訳で又このこと附き合う気持ちになったものか、多分私は、彼を薄気味の悪い奴だと思う一方、次第に変な親しみを感じさせられていたせいであろう。此の男を気味が悪いと云うのは、つまり此の男が余りにもよく私自身に似ている点があるからではないか。此の男は私と同じ眼を以て、お前の肉体の隅々を視ている。そうして而も、彼は此の世で直接お前には会ったことがない。天から降ったか地から湧いたか、彼はふらりと私の前に現われて、私でなければ知る筈のない私の恋人、私の女神の美を説いて聞かせる。私は彼を恋敵として嫉妬する理由は少しもない。なぜなら彼の知っているのは、フィルムの中の幻影であって、私の女房のお前ではない。影を愛している男と、実体を愛している男とは、影と実体とが仲よくむつれ合うように、手を握り合ってもいいではないか。……

私はそんなことを考えながら、その男の歩く通りに喰っ着いて行った。その男は、京極を河原町の方へ曲って、あの薄暗い街筋を北へ向って歩いて行く、空はところどころ雲がちぎれて、星がぼんやり見えたり隠れたりしていたが、まだあたりには霧のような糠雨《ぬかあめ》が立ち罩《こ》めている。そして折々、ぼうっと街灯に照らし出される彼の姿は、実際一つの「影」の如くにも見えるのであった。

「君は勿論、由良子嬢は君以外の誰のものでもない、確かに君の女房であると思っているだろう。――」

と、彼は半分独《ひと》り語《ごと》のようにそう云い出した。

「――けれども君の女房であると同時に、僕の女房でもあると云ったら、君はどう云う気がするかね。」

「一向差支えありません。どうかあなたの女房になすって、たんと可愛がって頂きたいですな。」

と、私は冗談のような口調で云った。

「と云う意味は、僕の女房の由良子嬢は要するにただの写真に過ぎない。だから何の痛痒も感じないし、やきもちを焼くところはないと、君はそう思って安心していると云う訳かね。」

「だって、あなた、そんなことを気にしていたら、女優の亭主は一日だって勤まりやしませんよ。」

「成る程、そりゃあそうだろう。だがもう少しよく考えて見給え。第一に僕は聞きたいんだが、一体君は、君と僕と孰方《どちら》がほんとうの由良子嬢の亭主だと思う？　そうして孰方が、亭主としてより以上の幸福と快楽とを味わっていると思う？」

「うへッ、大変な問題になっちゃったな。」

私はそう云って茶化してしまうより仕方がなかったが、その男は闇を透かして、私の顔を憐れむように覗き込みながら云うのだった。

「君、君、冗談ではないよ、僕は真面目で話してるんだよ。――僕の推測に誤まりがなければ、多分君は斯う思っているだろう、僕の愛しているのは影だ、君の愛しているのは実体だ、だからそんなことはてんで問題になる筈はないと云う風に。――しかし君にしても、フィルムの中の由良子嬢は死物ではない、矢張り一個の生き物だと云うことは認めないだろうか？」

「認めます、それは仰っしゃる通りですよ。」

「では少くとも、フィルムの中の由良子嬢が、君の女房の由良子嬢の影であるとは云えないと思うね、既に生き物である以上は。――いいかね、君、こいつを君は忘れてはいけない、君の女房も実体だろうが、フィルムの中のも独立したる実体だと云うことを。——こう云うとそれは屁理窟だ、二つが共に実体だとしても、孰方が先に此の世に生れたか、君の女房が居なければ、フィルムの中の由良子嬢は生れて来ない、第一のものがあって始めて、第二のものが出来ると云うかも知れないが、もしそう云うなら、君の愛しているところの、そうして恐らくは崇拝してさえいるだろうところの、真に美しい由良子嬢と云うものは、フィルム以外の何処に存在しているのだ。君の家庭に於ける由良子嬢は、『夢の舞姫』や、『黒猫を愛する女』や、『お転婆令嬢』で見るような、あんな魅惑的なポーズをするかね。そうして孰方に、由良子嬢の女としての生命があるかね。……」

「御尤もです、僕もときどきそう云う風に考えるんです。僕はそいつを僕の『映画哲学』と名づけているんです。」

「ふふん、映画哲学か、」

と、その男は、妙に私に突ッかかるように云いながら、

「そうすると結局、斯う云うことが云えないだろうか、——フィルムの中の由良子嬢こそ実体であって、君の女房は却ってそれの影であると云うことが？　どうだね君の哲学では？　君の女房はだんだん歳を取るけれども、フィルムの中の由良子嬢は、いつ迄も若く美しく、快活に、花やかに、飛んだり跳ねたりしているのだ。

もう十年も立った時分に、君はしみじみ昔の姿を思い起して、ああ、あの時分にはこんなではなかった、あすこの所にあんな皺はなかったのに、いつあんなものが出来たんだろう、そうして体じゅうの関節にあった愛らしいえくぼは、何処へ消えてしまったんだろうと、そう思う時があるとする。その時になって、もう一度昔のフィルムを取り出して、映して見るとする。君は定めし、えくぼは消えてなくなったんでも何でもない、永遠に彼女の体に附いていることを発見するだろう。君の女房は衰えたかも知れないが、夢の舞姫は今でも矢張り、シュミースの下に円々とした乳房を忍ばせ、床に落ちた薔薇の花を拾うだろう。黒猫を愛する女は、相変らず風呂へ這入ってぼちゃぼちゃ水をはねかしながら、猫と戯れているだろう。君はその時、君の若い美しい女房はフィルムの中へ逃げてしまって、現在君の傍に居るのは、彼女の脱け殻であったことに気がつく。君はそれらの映画を見て、一体此れは自分が作った絵なのか知らん、自分や自分の女房の力で、こんな光り耀やかしい世界が出来たのか知らんと、今更不思議な感じに打たれる。そうして遂に、此れらのものは自分たち夫婦の作品ではない、あの舞姫やお転婆令嬢は、自分の監督や女房の演技が生んだのではなく、始めからあのフィルムの中に生きていたのだ。それは自分の女房とは違った、或る永久な『一人の女性』だ。自分の女房はただ或る時代にその女性の精神を受け、彼女の俤《おもかげ》を宿したことがあるに過ぎない。自分たちこそ、彼女のお蔭で飯を食わして貰っていたのだと、そう思うようになるだろう。……」

「そりゃあ成る程理窟としては面白いですが、僕の女房が歳を取るように、フィルムの中の彼女だってだんだんぼやけてしまいますよ。フィルムと云うものは永久不変な性質のものじゃないんですから。……」

「よろしい、そこで吾が輩は云うことがあるんだ。――君は僕が、何のためにこんなにたびたび由良子嬢の映画を見に行くか、そうして何のために、こんなに詳しく由良子嬢の地理を覚え込んだか知っているかね。さっきも絵に書いて見せたように、僕はこうして眼をつぶりながらでも、彼女の体を好きなようにして眺められる。『さあ、由良子さん、立って下さい』と云えば立ってくれるし、『据わって下さい』『臥て下さい』と云えば、僕の云う通りになってくれる。僕は彼女を素ッ裸にして、背中でも、臀でも、何処でも見られるし、倒《さかさ》まにして足の裏を見ることも出来る。君は亭主だと云うけれど、自分の女房をそんなに自由に扱えるかね。仮りに自由にさせられるとしても、こうして此処を歩いている今、彼女を抱くことが出来るかね。僕の方の由良子嬢は、どんな時でも、呼びさえすれば直ぐにやって来て、どれほどしつッこい注文をしても、いやな顔なんかしたことはない。君の女房は歳を取るだろうが、僕の方のは、たとえフィルムはぼやけてしまっても、今では永久に頭の中に生きているのだ。つまりほんとうの由良子嬢と云うもの、――彼女の実体は僕の脳裡に住んでいるんだよ。映画の中のはその幻影で、君の女房は又その幻影だと云う訳なんだよ。」

「けれどもですね、さっきあなたも仰っしゃったように、僕の女房が居なければ映画が生れて来ないでしょう？　映画がなければあなたの頭の中のものだって無い訳でしょう？　それにあなたが死んじまったら、その永久な実体と云う奴はどうなりますかね。そこン所がちょっと理窟に合わないようじゃありませんか。」

「そんなことはない、此の世の中には君や僕の生れる前から、『由良子型』と云う一つの不変な実体があるんだよ。そうしてそれがフィルムの上に現われたり、君の女房に生れて来たり、いろいろの影を投げるんだよ。たとえばだね、僕は以前亜米利加のマリー・プレヴォストの絵が好きだったが、君もあの女優は好きなんだろうね。いや、改めて聞く迄もない。」

と、彼は私の驚いた色を看て取りながら云うのだった。

「君は恐らく由良子嬢を発見した時に、これは日本のマリー・プレヴォストだと思ったんじゃないかね。そう云えば、――そうだ、――プレヴォストにも風呂へ這入る場面があったね。やっぱり由良子嬢のように体の透き徹るガウンを纏って、風呂から上って、湯殿の出口でスリッパーを穿くところがある。――あれはもう何年前のことだったか、随分古い写真だけれど、僕は今でもよく覚えている。あの時プレヴォストは後ろ向きに立ちながら、なまめかしいしなを作って、スリッパーを突っかけた。突っかける時にわれわれの方へ足の裏を見せた。ね、そうだったろう、君も覚えているだろう？　あの場面はソフト・フォーカスだったので、彼女の全身が朦朧と見えたに過ぎないけれど、しかしあの女優の顔つきや体つきの感じは由良子嬢にそっくりじゃないか。殊にクローズアップで見ると、仰向いた時の鼻の孔の切れ方が実に似ている。腕や手のえくぼもちょうど同じ所に出来る。裸体にしたらもっと似たところがあるだろうし、臍も凹んでいるような気がする。――残念ながら僕はプレヴォストの臍を知らない。僕の知っているのは由良子嬢のと、『スムルーン』で見たポーラ・ネグリの臍だけだ。――が、そう云う風に、敢てプレヴォストばかりじゃない。由良子嬢に似ている女は此の世界じゅうにまだ幾人も居るんだよ。うそだと思うなら、君は静岡の遊廓の××楼に居るF子と云う女を買ったことがあるかい？　その女は無論プレヴォストや由良子嬢ほどの別嬪ではない、いくらか型は崩れているが、それでも矢張り『由良子系統』であることはたしかだ。その女の体じゅうに出来るえくぼは由良子嬢の俤を伝えている。そうして何より似ているのは二つの乳房だ。……………………………………………………」

そう云って彼は、彼の知っている限りの「由良子型」の女を数え挙げるのだった。その女たちは全身がそっくりそのままお前の通りではない迄も、なお何となく肌触りや感じに於いて同一であり、而も必ず、或る一部分はお前に酷似した所を持っていると云うのだ。たとえば今の静岡県のF子の胸には、お前と同じ乳房がある。お前の『肩』は東京浅草の淫売のK子と云う女が持っている。お前の『臀』は信州長野の遊廓の○○楼のS子が持っている。お前の『膝』は房州北條のなにがしの女に、お前の『頸』は九州別府温泉の誰に、その外お前の『手』は何処そこに、お前の『腿』は何処そこにある。彼はお前の肉体の部分部分を研究するのに、映画に就いたばかりではない、その女たちに就いても覚えた。さっきの「地図」はお前の「地図」であると同時に、その女たちの「地図」であると云うのだ。

「君、君、非常に都合の好いことには、由良子嬢のあの美しい『背筋』が、直き此の近所にあるんだよ。君は大阪の飛田遊廓を知っているだろう？　あすこへ行って、B楼のA子と云う女を呼んで、背中を出さして見給え。それからもっと近い所では、此の京都の五番町に『足』があるんだ。あすこのC楼のD子と云う女だがね、日本人の足の趾は、親趾よりも第二趾の方が長いのはめったにない、ところがあの女のは由良子嬢のにそっくりなんだ。……」

それから彼は又「実体」の哲学を持ち出して、プラトンだのワイニンゲルだのとむずかしい名前を並べ始めたが、私はそんなくだくだしい理窟を覚えてもいないし、一々書き留める根気もない。要するにお前、――「由良子」と云うものは、昔から宇宙の「心」の中に住んでいる、そうして神様がその型に従って、此の世の中へ或る一定の女たちを作り出し、又その女たちに対してのみ唯一の美を感ずるところの男たちを作り出す。私と彼とはその男たちの仲間であって、われわれの心の中にも矢張り「お前」が住んでいると云うのだ。此の世が既にまぼろしであるから、人間のお前もフィルムの中のお前もまぼろしであるに変りはない。まだしもフィルムのまぼろしの方が、人間よりも永続きがするし、最も若く美しい時のいろいろな姿を留めているだけ、此の地上にあるものの中では一番実体に近いものだ。人間と云うまぼろしを心の中へ還元する過程にあるものだと云うのだ。……

「いいかね、君、そうなって来ると、君と僕とは由良子嬢の亭主として、一体どれだけの違いがあるんだ。君の持っている幸福で、僕のあずからないものが一つでもあるかね。僕は君と同等に、いや恐らくは君以上に彼女の体を知っている。僕は彼女をいかなる場合、いかなる所へでも呼び出して、着物を剝いで臥かしたり起したりさせられる。だがそれだけでは……………………………………………………………………………………………………………。しかしそれでも不充分だ、完全な一人の『由良子嬢』として、…………………………。よろしい、それなら僕の家へ来給え、実を云うと、僕は一人の『由良子嬢』を持っているのだ。――」

　私は思わず立ち止まって、彼の顔を視詰めないではいられなかった。

「へえ？　あなたも由良子を持っていらっしゃる？――そりゃアあなたの奥さんなんですか。」

「うん、僕の女房だ、――君の女房と孰方がほんとうの『由良子』に近いか、何なら見せてやってもいいがね。」

　此処に至って、私の好奇心が絶頂に達したことは云う迄もあるまい。此の男の言動はますます出でてますます意外だ、不思議な奴もあればあるもんだ。――が、その云うところは私の図星を刺す点もあり、ちゃんと辻褄が合っているのだから、此奴がまさか気違いではなかろう。多少気違いであるとしても、私は彼の異性に対する観察の細かさ、感覚の鋭さには敬服している。私は当然、彼の細君、――彼の「由良子」と称する婦人に会ってみたくて溜らなくなった。それに此の男は未だに身分を明かさないので、こうなって来るといよいよそれが知りたくもあった。

「どうだね、君、僕の女房を見たくはないかね。――」

と、彼は横眼で人の顔色を窺いながら、イヤに勿体を附けるような口調で云うのだった。

「――見る気があるなら見せて上げるが、……」

「気がないどころじゃありません、是非ともお目に掛りたいもんです。」

「それでは僕の家へ来るかね。」

「ええ、伺います。――いつ伺ったらいいんですか。」

「いつでもよろしい。今夜でもいいんだ。」

「今夜?――」

「ああ、此れから一緒に来たらどうかね。」

「だって、――もう遅いじゃありませんか。お宅は一体どちらなんです?」

「直きそこなんだ。」

「直きそこと云うと？――」

「自動車で行けばほんの五分か十分のところさ。」

気がついて見ると、私たちはもう出町橋の近所まで来ていた。そして時刻は彼れ此れ十時半なのである。此の男は何でもない事のように「今夜行こう」と云うけれども、始めて近づきになった私をこんな夜更けに自分の家へ連れて行って、細君に引き合わす積りなのだろうか？　それ程御自慢の細君なのだろうか？

「変だなあ、担がれるんじゃないのかなあ。――」

「あはははは、そんな人の悪い男に見えるかね、僕は？」

「けれども、あなた、此れから伺うと十一時になりますぜ。あなたはいいと仰っしゃったって、奥さんに悪いじゃありませんか。」

「ところが僕の女房は、そりゃあ頗る柔順なもんでね、僕が何時に帰ったって怒ったことなんかないんだよ。いつもニコニコして機嫌よく僕を迎えるんだ。その夫婦仲のいいことと云ったら、――そいつを今夜是非とも君に見せてやりたい。」

「冗談じゃない、アテられちゃうなあ！」

「うん、まあアテられる覚悟で来ることが肝要だね。」

「肝要ですか。」

「アテられるのが恐ろしいかね。」

「恐ろしいかッて、——そいつは少し、——タジタジと来ますな。」

「あははは、君は年中自分の女房を見せびらかしているんだから、今夜はどうしても僕の女房を見る義務がある。此処で逃げるのは卑怯だぜ。来給え、来給え。」

もうそう云っている時分には、彼は私の腕を捉えて、橋の西詰にある自動車屋の方へぐいぐい引っ張って行くのだった。

「いや、こうなったら逃げやしません、度胸をきめます。——」

彼は私を自動車屋の前へ待たして置いて、自分だけツカツカと奥へ這入って、小声で行く先を命じていた。その時私は、カフェーを出てから此の男の姿を始めて明るみで見たのであるが、さっきの酒が今頃になってそろそろ利いて来たのであろう、いつの間にやら彼の人相は別人のように変っていた。その眼は放埒に不遠慮に輝やき、口元には締まりがなくなり、鼻の孔はだらしなくひろがっている。眼深に被っていた台湾パナマの古ぼけた帽子が、後ろの方へずるッこけて、だだッ児のように阿弥陀になって、縮れた髪の毛が額へもじゃもじゃと落ちかかっている塩梅は、どうしても不良老年の形だ。老年と云えば、私はさっき此の男の年を四十恰好と踏んだのだけれど、帽子が阿弥陀になって見ると顔には思いの外小皺があって眼の皮がたるみ、髪にはつやがなく、鬢のあたりに白い物さえ交っていて、ひいき目に見ても四十七八、五十に近い爺《じじい》なのだ。彼の酔い方が私の想像していた以上であったことは、そのだらりとした態度や、足取りで明かだった。が、それでも彼は飲み足りないのか、

「おい、君ィ、まだかあ！」

と、どら声を出して運転手を催促しながら、ポケットから余り見馴れない珍しい容れ物、――薄い、平べったい、銀のシガレットケースのような器を出して、頻りに喇叭《らっぱ》呑みをやるのだ。

「何ですか、それは？」

「此れか、此れは亜米利加人が酒を入れてコッソリ持って歩く道具さ。活動写真によくあるだろう。」

「ああ、あれ。そんなものが日本にも来ているんですか。」

「彼方へ行った時に買って来たんだよ。此奴ぁ実に便利なんでね、こうしてチビリチビリやるには。………」

「盛んですなあ、いつもそいつを持ってお歩きになるんですか。」

「まあ夜だけだね。——僕の女房はおかしな奴で、夜が更けてからぐでんぐでんに酔っ払って帰ると、ひどく喜んでくれるんだよ。」

「すると奥さんも召し上るんで？」

「自分は飲まないが、僕の酔うのを喜ぶんだね。……つまり、その、何だ、……僕をへベレケにさして置いて、有りったけの馬鹿を尽していちゃつこうって云う訳なんだ。」

私は彼がそう云った瞬間、何か知らないがぞうっと身ぶるいに襲われた気がした。此のイヤらしいノロケを云いながら、彼はゲラゲラと笑い続けて、私の眼の中を嘲けるが如く視つめている。私の顔は真っ青になったに違いなかった。何と云う不気味な狒々爺《ひひじじい》だろう。やっぱりキ印なのか知らん？……それに全体、女房女房と云うけれど、こんな爺に若い美しい女房なぞがあるのだろうか、変な所に妾でも囲ってあるのじゃないのか。……………

それから間もなく、二人を乗せた自動車は恐ろしく暗い悪い路をガタピシ走らせているのであった。私はあの時分、京都へ来てからまだ幾月にもならなかったので、あの晩何処を通ったのだか、今考えてもはっきり呑み込めないのだが、兎に角出町橋を渡ってから直きに加茂川が見えなくなって、やっと車が這入れるくらいなせせッこましい家並の間を、無理に押し分けるようにして右へ曲ったかと思うと、今度は又左へ曲る。雨は止んだが、空はどっぷり曇っているので山は一つも見えないし、もうどの家も戸が締まっていて、町の様子は分らないながら、ところどころにざあざあと渓川のような水音のする溝川がある。その男は窓から首を出して、「其処を彼方へ」とか「此方へ」とか、時々運転手に指図している。そのうちにだんだん家が疎《まば》らになって、田圃《たんぼ》があったり立木があったり、ぼうぼうと繁った叢《くさむら》があったり、たしかに郊外の田舎路へ来てしまったらしい。

「驚いたなあ、何処まで連れて行かれるんです。大分遠方じゃありませんか。」

「まあいいじゃないか、乗った以上は黙って僕に任せ給え、君の体は今夜僕が預かったんだよ。ねえ、そうだろ？　そうじゃないか。」

「だけど一体、………いいんですかこんな所へ来てしまって？」

「いいんだってばいいんだよ、いくら酔ったって自分の家を間違える奴があるもんか。………どうだね、一杯？」

　車が揺れる度毎にどしんどしんと私の方へ打っかって来ながら、その男はよろよろした手つきで喇叭呑みをやっては、それを私にもすすめるのだが、次第にしつッこく首ッたまへ齧り着いて、まるで女にでもふざけるように寄りかかって来る、その口の臭さと、ニチャニチャした脂ッ手の気持ちの悪るさと云ったらない。余程酒の上の良くないたちで、酔ったら人を困らせるのが常習になっているのだろう、何しろ私は飛んだ奴に摑まってしまった。

「もし、もし、済みませんが此の、………手だけ放してくれませんか、此れじゃあ重くって遣り切れねぇや。」

「あはははは、参ったか君。」

「参った、参った。」

「君と一つキッスをしようか。」

「ジョ、ジョ、冗談じゃあ、………」

「あはははは、由良子嬢とは一日に何度キッスするんだい? え、おい、云ったっていいだろ? 三度か、四度か十ッたびぐらいか、………」

「あなたは何度なさるんです?」

「僕は何度だか数が知れんね。顔から、手から、指の股から、足の裏から、あらゆる部分を………」

途端に彼はたらりと私の頰ッぺたへよだれを滴らした。

「うッ、ぷッ、………もう少し顔を………向うへやってくれませんか。」

「構わん、構わん、由良子嬢のよだれだったらどうするんだい？ 喜んでしゃぶるんじゃないのかい？」

「そりゃァあなたじゃないんですか。」

「ああ、しゃぶるよ、僕はしゃぶるよ。……」

「馬鹿だなあ。」

「ああ馬鹿だとも。どうせ女房にかかっちゃあ馬鹿さ。惚れたが因果と云う奴だあね。」

「だけどよだれを舐めなくったって、……奥さんは幾つにおなりなんです？」

「若いんだぜ君、幾つだと思う？」

「そいつがどうも分りませんや、あなたの歳から考えると、……」

「僕はじじいだが、女房はずっと若いんだよ。悍馬《かんば》のように潑剌たるもんだよ。まあ幾つぐらいだと思うね。」

「僕の女房と孰方なんです？ 由良子はちょうどなんですが、……」

「じゃあ同い歳だ。」

「そんな若い奥さんを？ 失礼ですが、第二夫人と云うような訳じゃあ、……」

「第一夫人で、本妻で、僕の唯一の愛玩物で、寧ろ神様以上のもんだね。」

ゲラゲラと笑って、又よだれを滴らしながら、――

「どうだい、恐れ入ったろう。僕は女房に会うためにこんな淋しい田圃路を、いつも今時分に一人で帰って行くんだよ、自動車へも乗らずテクテク歩いて。………すると女房は僕の足音を聞きながら、奥の寝室の帳《とばり》の中でうつらうつらと、ものうげな身をしょざいなさそうに、猫のように丸めて待っているのだ、体じゅうに香料を塗って、綺麗になって。………僕はそうッと寝室へ這入って、やさしく帳を分けながら、『由良子や、今帰ったよ、嘸《さぞ》淋しかったろうねえ。』――」

「ええ?」

「あはははは、ビックリしたかい?」

「だって、名前まで『由良子』なんですか。」

「ああ、そう、『由良子』としてあるんだよ。そうしないと人情が移らんからね。」

やがて車は、こんもりとした丘の下で停った。

「此処だよ、此処だよ」と云いながら、彼は先へ立って急な石段を登り始める。懐中電灯を出して照らしながら行くところを見れば、成る程毎晩遅く帰って来るのであろう。段の両側には山吹が一杯、さやさやと裾にからまるくらい伸びている。青葉の匂いが蒸すように強く鼻を衝いて、懐中電灯の光の先に折々さっと鮮かな新緑が照らし出される。

「そら、もう其処だよ。」

と云われて、私は坂の上を仰いだ。見ると、軒灯が一つぽうッと灯った白壁の西洋館があった。

暗いのでよくは分らなかったが、その西洋館は丘の上にぽつりと一軒建っているので、隣り近所に家はないらしく、あたりは一面の藪か森であることは、今も云う青葉の匂いや、土の匂いや、もののけはいで感ぜられる。そうして鬱蒼とした影が背後をうずだかく蔽っている様子では、うしろは崖や山になっているのだろう。石段を上り詰めると、突きあたりの正面に、白壁を仕切っての龕《がん》のように凹んだ入口がある。入口の扉は三尺ばかりの板戸であると思ったのだが、近づいて見るとガラス戸であった。家の内部に明りが灯っていないので、それが遠くからは黒い板戸に見えたのであった。さっき石段の下から望んだ一点の灯火は、その龕のような凹みの真上に、円筒型のシェードに入れられて、白壁の上へ朦朧と圏を描いている。西洋館とは云うものの、此の外構えの塩梅では、四角な、平家の、昼間見たらば殺風景な掘っ立て小屋のようなものらしい。………

彼ははっはっと息を切らしながら、ポッケットから鍵の鎖をカチャカチャと取り出して、入口の扉を開けた。私は彼のあとに続いて土間へ這入った。彼は内部から今の扉に鍵をかけて、泥だらけの靴を脱いで、手さぐりでスリッパアを穿いたようだった。――何処かにスイッチがあるのだろうに、明りをつけようとはしないで、暗闇でやっているのである。外の門灯がガラス戸を透してぼんやり映ってはいるものの、その覚束ない光線では、土間の様子はさっぱり私にはわからない。はっはっと云う彼の吐息が俄かに酒臭く、けじかく反響する工合から察すると、此の玄関はわりに狭いのに違いなく、ひどく窮屈な壁の間へ閉じ込められたような気がする。と、彼は再び懐中電灯を照らし始めた。光の先を床の方へ向けながら、何か捜し物をしているらしい。光がチラリと通り過ぎるあたりに、支那焼のステッキ入れと、鏡の附いた帽子掛けの台が見える。台には帽子が三つ四つ掛かっている。ソフトの中折れと、鼠色の山高と、鳥打ち帽と、普通の麦藁と。……台の下には革のスリッパアが二三足あって、中に一足、派手な鴇《とき》色の絹で作った、踵の高い、フランス型の女のスリッパアが交っている。――私が第一に驚いたのは此れであった。と云うのは、それは大分穿き馴らしたものらしく、脂じみた足型がついているのであるが、若し此のスリッパアを黙って見せられたら、私はきっとお前のものだと思うであろう。それは私の家にある、お前の穿き古るしたスリッパアにそっくりなのだ。

同じ所に皺が寄り、同じ所に踵や趾の痕が出来、同じ足癖で汚れているのだ。私はそれが眼に触れた瞬間、お前の美しい足の形を明瞭に心に浮かべた。兎に角にも、そのスリッパアはお前の足と同じ足が穿いたのだ。「おや、うちの女房が来ているのかな」と、私はそう思ったくらいだった。

彼はそのスリッパアを大切そうに傍へ置いて、――恐らくわざと私に見せたかったのであろう、――革のスリッパアを一足取って、「此れを穿き給え」と私の前に投げてくれたが、それきり懐中電灯を消してしまった。そうして先へ立ちながら、暗い廊下を真っ直ぐに進んだ。二人が一列にならなければ通れないほど狭いところを、彼はよろよろと両側の壁へぶつかりながら行くのである。自分のうちへ帰って来たので、気が弛んだのかも知れないが、そう云う私も余程飲まされていたに違いない。何しろまるで入梅のようなじとじとした晩だったから、その家の中は蒸し風呂のように生暖く、おまけに彼の酒臭い息が廊下にこもって、ふうッと顔へ吹きつけて来る。私は襟元がかつかつと上せて、一ぺんに酔が発したのを感じた。

「さあ、先ず此処へ這入ってくれ給え。」

廊下の突きあたりへ来た時に、彼はそう云って左側の部屋へ私を通した。それから彼はマッチを擦って、ゆらめく炎を翳《かざ》しながらつかつかと室内を五六歩進んだ。

見ると一個のテーブルがあって、上に燭台が載っている。その蠟燭へ彼は手の中の炎を移した。

蠟燭の穂が次第に伸びるに従って、そのテーブルを中心に濃い暗闇がだんだん後ろへ遠のいて行ったけれども、まだ此の部屋がどのくらいの広さで、中にどう云うものがあるのか見究めることは出来なかった。ちょうど此の時、私と彼とは燭台を挟んでさし向いに椅子へかけた。私の視線は一とすじの灯影を前に赤々と照らし出された相手の顔へ、期せずして注がれたのであったが、私が見たものは実は顔ではなく、脳天のところがつるつるに禿げた頭であった。彼は台湾パナマの帽子を脱いで、テーブルの上に置いていた。

そうしていかにもくたびれたと云う恰好で、椅子の背中へぐったりと身を寄せ、糸のちぎれた操り人形のように両腕を垂らし、首を俯《うつむ》向け、未だにはっはっと吐息をしていた。だから彼の顔の代りに、その禿げ頭がまともに此方を見返していたと云う訳になる。けれども私の酔眼にそれが人間の頭であると呑み込める迄には、多少の時間を要したのであった。私は彼がこんな立派な禿げ頭を持っていようとは、今の今まで想像もしなかったのだから。成るほど前額にも後頭部にももじゃもじゃとした縮れ毛があって、ぐるりと周囲を取り巻いているから、帽子を被れば巧い工合に隠れるのである。私は暫くアッケに取られて、その蛇の目形に禿げた部分をしみじみと眺めた。もう此の男は「五十に近い」どころではない、たしかに五十を二つか三つ越しているだろう。……

と、彼はいきなり、物をも云わず立ち上って、部屋の隅の方へあたふたと駆け付けて、又何かしら飲んでいるらしく、ゴクリ、ゴクリと、見事に喉を鳴らしている。ははあ、先生、酔いざめの水を飲んでいるんだなと、その飲み方があまりがつがつしているので、私は最初そう思ったのだが、よくよく見ると、隅ッこの所に洋酒の罎を五六本列べた棚があって、彼はその前に立ちながら、独りで聞し召しているのである。そうして五六杯も立て続けに呷ってから、濡れた唇をさもうまそうに舐めずりながら、――よだれで濡れていたのかも知れない、――私の方へ戻って来て、今度はそこに突っ立ったまま、テーブルの上の燭台を取った。

「さあ君、女房に会わせて上げよう。」

「へえ、――ですがどちらにいらっしゃるんで？」

「向うの部屋だよ。そうッと僕に附いて来たまえ、今すやすやと寝ているからね。」

「およっていらっしゃるんですか、そいつはどうも……」

「なあにいいんだ、此処が女房の寝室でね。――」

そう云っているうちに、彼の手にある蠟燭の火は既に隣室の入口を照らした。

それは何とも実に不思議な部屋であった。部屋と云うよりは押し入れの少し広いようなもの――と、まあ蠟燭のあかりではそう見えるのだが、そこと今までいた部屋とは、濃い蝦《えび》色の帳《とばり》で仕切られているだけで、それを芝居の幕のようにサラリと開けると、中にも同じ色の帳が三方に垂れていて、まん中に大きな寝台がある。――だから寝台が殆んど部屋の全部を占めていると云う形。で、その寝台がまた、日本の昔の帳台のように、四方を帷《とばり》で囲ってある、つまり支那式のベッドなのだ。そうしてまたその寝台の帷が――此れもハッキリとは分らなかったが、――暗緑色のびろうどのような地質なので、こう幾重にも暗い布ばかり垂らしたところは、何の事はない、松旭斎天勝《しょうきょくさいてんかつ》の舞台だと思ったら間違いはない。

「此処に女房は寝ているんだが、何処から先へ見せようかね、――背中にしようか、腹にしようか、足にしようか。………」

と、彼は手を伸ばして、帷の上から中に寝ている女房の体と覚しきものをもぐもぐと揉んで見せるのであった。その眼は怪しく血走って、さも嬉しそうなニタニタ笑いを口もとに浮かべながら。………

こう書いて来れば、その寝台の中に寝ていた者が何であるかは、無論お前にも分ったろう。私も実はそれが人形だろうと云うことは、もうさっきからの彼の口ぶりで予想しないではなかったのだが、茲《ここ》に誠に気味のわるいのは、それがお前に生き写しであるばかりでなく、彼はそう云う人形を、――彼の所謂「由良子の実体」なるものを、――幾体となく持っているのだ。即ちお前の寝ている形、立っている形、股を開いている形、胴をひねっている形、――それから到底筆にすることも出来ないような有りと有らゆるみだらな形。私が見たのは十五六だったが、彼の言葉に従うと、「うちには由良子が三十人も居る」と云うのだ。

私はよく、船員などが航海中の無聊《ぶりょう》を慰めるために、ゴムの袋で拵《こさ》えた女の人形を所持していると云うような話を聞いたことがある。しかし実際にそう云うものを見たことはなし、又そんなことが有り得るかどうかも疑わしいと思っていたけれど、此の男の人形はつまりそれなのだ。彼はそれらの三十人もある「女房」を、一つ一つ丁寧に畳んで、風呂敷に包んで、棚の上へ載せてあるのだ。例の天勝式の装置、――寝室の三方に垂れている帳のかげに、その棚は幾段も作ってあって、一段一段に、何か暗号のような文字で印がつけてあるのである。お前は彼が、

「さあ、今度は女房のしゃがんだところを見せようかね。」

と云った工合に、呉服屋の番頭が反物を取り出すようないそいそとした恰好で、それを棚から卸して来る時の滑稽な様子を考えて御覧。そうしてそれらの等身大のお前の姿が、十五六人も黙然と列《なら》んで、物静かな、しーんとした深夜の室内に立ったところを想像して御覧。おまけに彼がその平べったく畳んだものを膨ます手際と云ったら、実に馴れたものなのだ。水道をひねって瓦斯《ガス》に火をつけると、直ぐにお湯が出て来るような仕掛けがしてあって、――此れも帳のかげにあるのだ、――そこから管を引張って人形の孔へ取りつけると、見ているうちに膨らんで来る。それが次第に一個の人間の形を備え、だんだん細部の凹凸がはっきりして来るに従って、腕から、肩から、背中から、脚から、紛う方なきお前を現ずる。水を注ぎ込む孔の作り方と位置に就いても、馬鹿馬鹿しい注意が払われていて、氷枕の栓のようなあんなぶざまなものではないのだ。一つ一つの人形に依って□□□□□皆適当に考えてあって、それを詳しく説明することはお前に対する冒瀆のような気がするから、私は此れ以上を云うことが出来ない。彼は恐らく、水を注ぎ込むと云うその事自身を享楽しているに違いあるまい。「君、僕は造化の神様と同じ仕事をしてるんだよ。昔の神様がアダムとイヴを作る時には何処から息を吹き込んだのか知らないが、面白くって止められなかったに違いないぜ」と、彼は云うのだ。

　お前は定めし、そんなものがいくら自分に似ていると云っても、ゴムの袋ならたかが知れている、どうせたわいのないものだろうと思うであろう。彼がいかにしてあの驚くべき精巧な袋を縫うことが出来たか、その凄じい苦心の跡を語らなければそう思うのも尤もだけれども、一と通り説明を聞いた私にも、さて自分でやって見ろと云われたら、到底あの真似は出来そうもない。云う迄もなくそれは材料の買い入れから最後の仕上げまで、悉く彼一人の手で作られたもので、彼の工房へ這入って見れば、決して偽りでないことが分る。お前はそこに、凡そお前の肉体に関する得られる限りの参考資料が、途方もない執拗と丹念を以て集められているのを発見するだろう。人は総べての表面が鏡で張られた室内へ閉じ込められると、遂には発狂するものだそうだが、お前はきっと、ちょうどそれと同じ気持ちを味わうだろう。

「ところでちょっと此方の部屋を見てくれ給え」と、彼は私を廊下の反対の側にあるその工房へ連れて行ったが、そこで私の眼に触れたものは、床、壁、天井の嫌いなく、あらゆる空間に陳列してあるお前の手足の断片だった。殊に奇異なのはお前の体の部分部分を、――秘密な箇所や細かい一とすじの筋肉など迄を、――著しく拡大した写真が、方々に貼ってあることだった。成る程これだけの写真があって、此れを毎日眺めているとすれば、あの霊妙なる有田ドラッグ式素描が書けるのに不思議はないと、私は始めて分ったのであった。が、それにしても彼はどうしてそれらの写真を手に入れたか、お前に会ったこともない彼がいかにして撮影したであろうか。――此の疑問に答えるために彼が出して見せたものは、いろいろな絵から切り取った古いフィルムの屑だった。短かいのは一とコマか二たコマ、長いのは十コマ二十コマぐらいづつ、彼は総べてのお前の映画から彼に必要である場面を集めているのだ。「夢の舞姫」が床に落ちた薔薇の花を拾っているところ、血の滴れる足で舞台で踊っているところ、趾の血型の大映し、「お転婆令嬢」の乳房の下からみぞおちのあたりがハッキリ現われているシーン、「夏の夜の恋」の凹んだ臍が見える部分、――凡そ彼が詳しい描写で私を驚かした場面の数々は、みんなそこに備わっているのだ。彼はお前の耳の形と、口腔内の歯列びの様子が知りたさに、それが明瞭に写っているたった一とコマのフィルムを得るべく、常設館から常設館へと、或る一つの絵を追いかけて、一度は岡山へ、一度は宇都宮へ行ったと云うのだ。

「……世間には僕と同じような物好きな奴が多いと云うことを、僕はその時に発見したね。なぜかって云うと、由良子嬢の或る一つの絵が東京と上方で封切りされる、それからだんだん地方の小都会へ配附されるに従って、不思議とフィルムのコマの数が減って行くんだ。勿論それは地方地方の検閲官がカットする場合もあるだろう。けれども此の方は何処の県でも大体の標準が極まっているから、そんなに無闇に切る筈はない。最初に二十コマあった場面が、次ぎから次ぎへと旅をする間に十五コマになり、十コマになり、ひどい時にはしまいに一つもなくなってしまったりするのは、変じゃないか。此れは途中で切り取る奴があるからなんだよ。由良子嬢がやって来るのを待ち受けて、彼女の手だの足だのをまるで飢えた狼のようにもぎ取って行く奴があるんだ。そう云う人間が大勢居ると云う証拠には、田舎の町の常設館の映写技師に聞いて見給え。彼等はちゃんと心得ていて、金さえやれば望みの場面を一とコマなり二たコマなり、こっそり切って売ってくれる。それが彼等のほまちになっているくらいなんだ。………」

　彼の仕事は考古学者の仕事に似ていた。考古学者が深い土中から数世紀層前の遺骨を掘り出して来て、何万年の昔に生きていた動物の形を組み立てるように、彼は日本国中の津々浦々に散らばっているお前の手足を集めて来て、やがて完全な一個の「お前」を造ろうとするのだ。壁に貼ってある大きな写真は、彼がそんな風にして手に入れたフィルムを、引き伸ばしたものなのであった。彼は一定の比例に依って部分部分を引き伸ばして置いて、それに従って粘土で一つの原型を作る。さてその原型へ当て嵌めながら、ゴムの人形を縫い上げる。恰も靴屋が木型へ皮を押しあてて靴を縫うのと同じような手順なのだが、仕事の難易は勿論同日の談ではないのだ。第一彼はお前の肌となるところの、実感的な色合と柔かみを持つゴムを得るのに苦心をした。私が手に触れた塩梅では、それは女の雨外套などに用いる、うすい絹地へゴムを引いた防水布、――あれによく似た地質であって、あれよりもっと人間の皮膚に近いようなものだった。彼は大阪神戸東京と、方々の店へ註文を発して、やっと五軒目に気に入った品を手に入れることが出来たのであった。そうしてそれを縫い上げるのに、粘土で作った「原型」に就いたばかりではなく、腑に落ちないところや分らないところは生きた「原型」に当て嵌めても見た。彼は一と通り縫い上げたゴムの袋を、わざわざ静岡まで持って行って、××楼のF子の乳房に合わせて見たり、信州長野へ持って行って○○楼のS子の臀に合わせて見たり、東京浅草のK子の肩や、京都五番町のA子の背筋や、房州北條の女の膝や、別府温泉の女の頸などに、一々合わせたのであった。

しかし私は、彼がいかにしてあの燃えるが如き唇を作り、その唇の中に真珠のような歯列を揃えることが出来たか。いかにしてあのつややかな髪の毛や睫毛を植え、生き生きとした眼球《がんきゅう》を嵌め込むことに成功したか。いかにしてあの舌を作り、爪を作ったか。それらの材料は一体何から出来ているのかと云う段になると、ただ不可思議と云うより外には想像もつかない。彼も「こいつは秘密だよ」と云って、ニヤニヤ笑うばかりであったが、その薄笑いは私に一種云いようのない、恐ろしい暗示を与えないでは措かなかった。或る何かしら不潔なもの、物凄いもの、罪深いものから、此の材料は成り立っているのじゃないだろうか？　私はそう思って戦慄した。話に聞いた、航海中の船員が慰み物にすると云うゴムの人形なるものが、実際あるとしたところで、此の半分も精巧なものではないであろう。或る程度まで人間に似せた袋を縫うだけなら、不可能なことではなかろうけれども、此のゴムの袋は鼻の孔を持ち、鼻糞までも持っているのだ。そうして全く人間と同じ体温を持ち、体臭を持ち、にちゃにちゃとした脂の感じを持ち、唇からはよだれを垂らし、腋の下からは汗を出すのだ。彼がそう云う人形を三十体も拵えたのはなぜかと云うと、……………………に由って、いろいろのポーズが必要であるからだった。たとえば…………、膝の上へ載せる時のポーズ、立って接吻する時のポーズ、…………………、………

呆れた事には、「ちょいとこんな工合なんだよ」と云いながら、彼はそれらの人形を相手に、私の前で彼独特の享楽の型を示すのであった。（彼は絶えず酒を飲んでは元気をつけていた。）そしてしまいには、「…………………………………………」とか、「此の鼻糞の味はどうだろうか」とか、いよいよしつッこく絡まって来て、揚句の果ては私にもそれを舐めて見ろというのであった。

「あ、そうそう、君は僕が女房のよだれを舐めるなんて馬鹿だと云ったね。ほら、此の通り……此の通り僕は舐めるんだぜ。これどころじゃない、………………………………。」

彼はいきなり床の上へ仰向けに臥た。股を開いてしゃがんでいる人形が、彼の顔の上へぴたんこに据わった。彼は下から両手を挙げて人形の下腹を強く圧さえた。人形の臀の孔から瓦斯の洩れる音が聞えた。私は此狒々爺の顔から禿げ頭へねっとりとした排泄物が流れ始めたのを、皆まで見ないで窓から外へ飛び出してしまった。そして真っ暗な田舎路を一目散に逃げて行った。

＊　＊　＊　＊　＊　＊　＊　＊　＊　＊

由良子よ、私がお前に話したいと云った事実は此れだけだ。

私はお前が、此の話を一笑に附してくれることを心から祈る。呪いを受けるのは私一人で、お前は快活であることを祈る。しかし私は此の事があってから、お前の映画を作ることに興味を失ったばかりでなく、寧ろ恐れを抱くようにさえなってしまった。どうも私には、お前を美しいスタアに仕上げて、お前の姿を繰り返し写真に映したりしたことが、結局あの爺にお前と云うものを奪われたことになったような気がしてならない。お前はお前の知らない間に、あの爺に丸裸にされ、手でも足でも、あらゆる部分を慰まれていたのだ。そればかりならいいけれども、私の恋しい可愛い由良子は、此の世に一人しか居ないもの、完全に私の独占物だと思い込んでいたのに、あの晩以来、その信念がすっかりあやふやになってしまった。お前の体は日本国中に散らばっている、あの爺の寝室の押し入れの棚にも畳まれている、お前はそれらの多くの「由良子」の一人であり、或は影であるに過ぎない。……そう云う感じが湧いて来る時、私はお前をいくらシッカリ抱きしめても、此れがほんとうの、唯一の「お前」だと云う気になれない。果てはお前が影である如く、私自身まで影であるように思えて来る。私たち二人の真実な恋は、破れない迄も空虚なもの、うそなもの、それこそ一とコマのフィルムの場面より果敢ないものにさせられてしまった。

今となってはもう悔んでも取り返しの附かないことだが、私はあの晩あの爺にさえ会わなければよかったのだ。私は幾度か、あの晩のことが夢であってくれますように、そしてあの爺も、あの丘の上の無気味な家も、跡かたもない幻であってくれますようにと祈っただろう。しかしその後あの丘のほとりを夜昼となく通って見るのに、あの家が正しく彼処にあることは事実なのだ。私は今では、あの爺がどう云う名前の、どう云う人間であるかと云うことも略《ほぼ》知っている。そればかりでなく、お前の背筋を持っていると云う五番町のB楼のA子にも、乳房を持っていると云う静岡のF子にも、肩、臀、頸の女たちにも皆会って見て、彼の言葉が決して偽でなかったことを確かめたのだ。その女たちは彼の本名を知らない様子だったけれども、彼が珍しい変態性欲者であること、時々写真器やゴムの袋を持って来ていろいろ無理な註文をすること、彼女たちを呼ぶのに「由良子」と云っていることなどを、一様に語った。

しかし由良子よ、私の唯一の、ほんとうの「由良子」よ、私はお前にその男の名前や身分を知らしたくないのだ。お前もどうかそれを知ろうとはしてくれるな。私は今わの際に臨んで、お前に隠して行くことは此れ一つだ。そして私は、来世でこそは真実のお前に会えることを堅く信じて、まぼろしの世を一と足先に立ち去るとしよう。………

# 妖婦《ようふ》

織田作之助

## 織《お》田《だ》作《さく》之《の》助《すけ》（一九一三〜一九四七）

大阪府生まれ。第三高等学校退学。劇作家を目指していたが、スタンダールの影響で小説家に転身。一九三八年『雨』が武田麟太郎に認められ、翌年『俗臭』が芥川賞の候補になり、さらに『夫婦善哉』が人気を博し作家としての地位を固める。『勧善懲悪』などを発表していたが、一九四一年『青春の逆説』が発禁処分を受ける。戦後は、敗戦直後の混乱を題材にした『アド・バルーン』『世相』などを発表する一方、私小説の伝統からの決別を宣言する『可能性の文学』を執筆。その小説への応用として一九四六年八月から『土曜夫人』の連載を始めるが、同年一二月に結核で吐血し、翌年一月に死去した。

神田の司町は震災前は新銀町といった。

新銀町は大工、屋根職、左官、畳職など職人が多く、掘割の荷揚場のほかにすぐ鼻の先に青物市場があり、同じ下町でも日本橋や浅草と一風違い、いかにも神田らしい土地であった。

喧嘩早く、物見高く、町中見栄を張りたがり、裏店の破れ障子の中にくすぶっても、三月の雛の節句には商売道具を質においても雛段を飾り、娘には年中派手な衣裳を着せて、三味線を習わせ、踊を仕込むという町であった。そのために随分無理をする親もあったが、もっとも無理が重なって、借金で首が廻らなくなる時分には、もう娘は垢ぬけた体に一通りの芸をつけており、すぐに芸者になれた。

安子はそんな町の相模屋という畳屋に生れた。相模屋は江戸時代から四代も続いた古い暖簾《のれん》で五六人の職人を使っていたが、末娘の安子が生れた頃は、そろそろひっそくしかけていた。総領の新太郎は放蕩者で、家の職は手伝わず、十五の歳から遊び廻ったが、二十一の時兵隊にとられて二年後に帰って来ると、すぐ家の金を持ち出して、浅草の十二階下の矢場の女で古い馴染みだったのと横浜へ逃げ、世帯を持った翌月にはもう実家へ無心に来た。父親は律儀な職人肌で、酒も飲まず、口数も少なかったが、真面目一方の男だけに、そんな新太郎への小言はきびしかった。

しかし家附きの娘の母親がかばうと、この父も養子の弱身があってか存外脆かった。母親は派手好きで、情に脆く、行き当りばったりの愛情で子供に向い、口数の多い女であった。

安子はそんな母親に育てられた。安子は智慧《ちえ》も体も人なみより早かったが、何故か口が遅く、はじめは唖《おし》ではないかと思われたくらいで、四つになっても片言しか喋れなかった。しかし安子は口よりも顎で人を使い、人使いの滅法荒い子供だったが、母親は人使いの荒いのは気位の高いせいだとむしろ喜び、安子にはどんな我儘も許し贅沢もさせた。

たしかに安子は気位が高く、男の子からいじめられたり撲《なぐ》られたりしても、逃げも泣きもせず涙を一杯溜めた白い眼で、いつまでも相手を睨みつけていた。かと思うと、些細なことで気にいらないことがあると、キンキンした疳高《かんだか》い声で泣き、しまいには外行きの着物のまま泥んこの道端へ寝転ぶのだった。欲しいと思ったものは誰が何と言おうと、手に入れなければ承知せず、五つの時近所の、お仙という娘に、茶ダンスの上の犬の置物を無心して断られると、ある日わざとお仙の留守中遊びに行って盗んで帰った。

早生れの安子は七つで小学校に入ったが、安子は色が白く鼻筋がツンと通り口許は下唇が少し突き出たまま緊《しま》り、眼許《めもと》のいくらか上り気味なのも難にならないくらいの器量よしだったから、三年生になると、もう男の子が眼をつけた。その学校は土地柄風紀がみだれて、早熟《ませ》た生徒は二年生の頃から艶文をやりとりをし、三年生になれば組の半分は「今夜は不動様の縁日だから一緒に行こうよ」とか、「この絵本貸してあげるから、ほかの子に見せないでお読みよ」とか、「お前さんの昨日着て来た着物はよく似合った、明日もあれを着て来てくれ」とか、「文公は昨日お前さんをいじめたそうだが、あいつは今日おれがやっつけてやるから安心しな」などという艶文を、それぞれの相手に贈るのだった。艶文を贈って返事が来ると、二人の仲は公然と認められ、男の子は相手を「おれの娘《こ》」とよび女の子は「あたいの好い人」とよび、友達に冷やかされてぽうっと赧くなってうつむくのが嬉しいのだった。

安子が毎朝教室へ行って机を開けると何通もの艶文がはいっていた。が、安子は健坊という一人を「あたいの好い人」にしていた。健坊は安子の家とは道一つへだてた向側の雑貨屋の伜で、体が大きく腕力が強く、近所の餓鬼大将であった。

ところが四年生になって間もなくのある日、安子は仕立屋の伜《せがれ》の春ちゃんの所へ鉛筆と雑記帳を持って行き、「これ上げるから、あたいの好い人になってね」そう言って春ちゃんの顔をじっと媚を含んだ眼で見つめた。

春ちゃんは無口な大人しい子供で、成績もよく級長であったから、やはり女の方の級長をしている雪子という蒼白い顔の大人しい娘を「おれの娘」にしていたが、思わず、「うん」とうなずいて、その日から安子の「好い人」になってしまった。

その日学校がひけて帰り途、友達のお仙が「安ちゃん、あんたどうして健坊をチャイしたの」と訊くと、安子はにいっと笑って、「お仙ちゃん、誰にも言わない？言っちゃいけないことよ。――あたい本当は一番になろうと思って勉強したんだけれど、また十番でしょう。くやしいからあたい一番になる代りに、一番の春ちゃんを好い人にしたのよ。これ内緒よ、よくって？」

「だってあんたには健坊がいるじゃないの」

「健坊は雪ちゃんをいい娘にすればいいさ」

そう言った途端、うしろからボソボソ尾行て来た健坊がいきなり駈けだして、安子の傍を見向きもせずに通り抜け、物凄い勢いで去って行った。兵古帯が解けていた。安子はそのうしろ姿を見送りながら、

「いやな奴」と左の肩をゆり上げた。

ところが、次の日曜日、安子とお仙と一緒に銭湯へ行っていると、板一つへだて

た男湯から水を飛ばした者がいる。

「誰さ。いたずらおよしよ」

安子が男湯に向って呶鳴《どな》ると、

「てやがんでえ。文句があるなら男湯へ来い、あははは……。女がいくら威張ったって男湯へ入ることは出来めえ。やあい、莫迦野郎！」

男湯から来た声は健坊だ、と判ると安子はキッとした顔になり、

「入ったらどうするッ」

「手を突いて謝ってみせらア」

「ふうん……」

「手を突いて、それから、シャボン水を飲んで見せらア」

「ようし、きっとお飲みよ」

安子はそう言うといきなり起ち上って、男湯と女湯の境についている潜り戸をあけると、男湯の中へ裸のままはいって行った。手拭を肩に掛けて、乳房も何も隠さずすくっと立ちはだかったまま、

「さあ入ったよ。手を突いてシャボン水お飲みよ」

健坊は思わず顔をそむけたが、やがて何思ったかいきなり湯舟の中へ飛び込んで、

永いこと潜っていた。

「なにさ。あたいは潜れと云っちゃいないわよ。シャボン水をお飲みと言ってるんだよ。へーん飲めもしない癖に……、卑怯者！」

安子はそう言い捨てて女湯へ戻って来た。早熟の安子はもうその頃には胸のふくらみなど何か物を言い掛けるぐらいになっていた。

やがて尋常科を卒え、高等科にはいると、そのふくらみは一層目立ち、安子の器量のよさは学校でよりも近所の若い男たちの中で問題になった。家の隣りは駄菓子屋だが、夏になると縁台を出して氷水や蜜豆を売ったので、町内の若い男たちの溜り場であった。安子が学校から帰って、長い袂の年頃の娘のような着物に着替え、襟首まで白粉をつけて踊りの稽古に通う時には、もう隣りの氷店には五六人の若い男がとぐろを巻いて、ジロリと視線が腰へ来た。踊りの帰りは視線のほかに冷やかしの言葉が飛んだ。そんな時安子は、

「何さ鼻たれ小僧！」と言い返しざまにひょいと家の中へ飛び込むのだったが、その連中の中に魚屋の鉄ちゃんの顔がまじっていると安子はもう口も利けず、もじもじと赫くなり夏の宵の悩ましさがふと胸をしめつけるのだった。鉄ちゃんは須田町の近くの魚屋の倅で十九歳、浅黒い顔に角刈りが似合い、痩せぎすの体つきもどこ

かいなせであった。

　やがて安子と鉄ちゃんの仲が怪しいという噂が両親の耳にはいった。縁日の夜、不動様の暗がりで抱き合っていたという者もあり、鉄ちゃんが安子を連れ込む所を見たという者もあった。さすがに両親は驚いた。総領の新太郎は道楽者で、長女のおとくは埼玉へ嫁いだから、両親は職人の善作というのを次女の千代の婿養子にして、暖簾を譲る肚を決め、祝言を済ませたところ、千代に男があったことを善作は知り、さまざま揉めた揚句、善作は相模屋を去ってしまった——。

　丁度その矢先に、安子の噂を聴いたのである。父親は子供達の悪さをなげきながら、安子に学校や稽古事をやめさせて二階へ監禁し、一歩も外出させず、仲よしのお仙がたずねて行っても親戚へ行っていると言って会わせなかった。

　安子は鉄ちゃんには唇を盗まれただけで、父親が言うように女の大事なものを失うような大それたことをした覚えはなかったから、

「鉄ちゃんと活動見に行ったり、おそば屋へ行ったりしただけで、監禁されるのはあわないわ。ねえおっ母さん、あたい本当にそんなことしなかったのよ、皆が言ってるのは嘘よ、だからお父っさんにたのんで、外へ出して貰ってよ」と、母親にたのんだ。安子に甘い母親はすぐ父親に取りついたが、父親は、

「鉄公とあったかなかったかは、体を見りゃ判るんだ。あいつの体つきは娘じゃねえ」

と言って、この時ばかりは女房に負けぬ男だった。

ところが二十日許りたって、母親がいつまでも二階に監禁して置いてはだいいち近所の体裁も悪い。それに学校や踊はやめてもせめてお針ぐらいは習わせなければと父親を口説き、お仙ちゃんなど半年も前から毎日お針に行ってるから随分手が上ったと言うと、さすがに父親も狼狽して今川橋の師匠の許へ通わせることにした。

安子は二十日振りに外の空気を吸ってほっとしたが、何もしなかったのに監禁の辛さを味わせた父親への恨みは残り、お父つぁんがあくまで何かあったと思い込んでいるのなら、いっそ本当にそんなことをしてやろうかと思った。どうせ監禁されたのだから、悪いことをしても差引はちゃんとついている。このままでは引合わない、莫迦な眼を見たのはあたいだけだからと云うそんな安子の肚の底には、皆が大騒ぎしている「あの事」って一体どんなことなのかしらというういたずらな好奇心があった。

今川橋のお針の師匠の家には荒木という髪の毛の長い学生が下宿していた。荒木はその家の遠縁に当る男らしく、師匠に用事のある顔をして、ちょこちょこ稽古場へ現われては、美しい安子に空しく胸を焦していたが、安子が稽古に通い出して一月許りたったある日、町内に不幸があって師匠がその告別式へ顔出しするため、小一時間ほど留守にした機会をねらって、階下の稽古場へ降りてくると、

「安ちゃん、いいものを見せてあげるから、僕の部屋へ来ないか」と言った。

「いいものって何さ……」

「来なくっちゃ解らない。一寸でいいから来てごらん」

「何さ、勿体振って……」

そう云いながら、二階の荒木の部屋へ随《ずい》って上ると、荒木はいきなり安子を抱きしめた。荒木の息は酒くさかった。安子は声も立てずに、じっとしていた。そして未知の世界を知ろうとする強烈な好奇心が安子の肩と胸ではげしく鳴っていた。

やがてその部屋を出てゆく時、安子は皆が大騒ぎをしていることとって、たったあれだけのことか、なんだつまらないと思ったが、しかし翌日、安子は荒木に誘われるままに家出して、熱海の宿にかくれた。もっと知りたいという好奇心の強さと、父親の鼻を明かしてやりたいという気持に押し出されて、そんな駈落をする気になったのだが、しかし三日たって追手につかまり、新銀町の家へ連れ戻された時はもう荒木への未練はなかった。それほど荒木はつまらぬ男だったのだ。

日頃おとなしい父親も、この時はさすがに畳針を持って、二階まで安子を追いかけたが、母親が泣いて停めると、埼玉県の坂戸町に嫁いでいる長女の許へ安子を預けた。安子は三日ばかり田舎でブラブラしていたが、正月には新銀町へ戻った。せめてお正月ぐらい東京でさしてやりたいという母親の情だったが、しかし父親は戻って来た安子に近所歩き一つさせず、再び監禁同様にした。安子は一日中炬燵《こたつ》にあたって、

「出ろと云ったって、誰がこんな寒い日に外へ出てやるものか」

そう云いながらゴロゴロしていたが、やがて節分の夜がくると、明神様の豆まきが見たく、たまりかねてこっそり抜け出した。ところが明神様の帰り、しるこ屋へ寄って、戻って来ると、家の戸が閉っていた。戸を敲《たた》いてみたが、咳ばらいが聴えるだけで返事がない。

「あたいよ、あけて頂戴。ねえ、あけてよ。だまって明神様へお詣りしたのは謝るから、入れて頂戴」と声を掛けたが、あけに立つ気配もなかった。

「いいわよ」

安子はいきなり戸を蹴ると、その足でお仙の家を訪れた。

「どうしたの安ちゃん、こんなに晩く……」

「明日田舎へゆくからお別れに来たのよ」

そして安子はとりとめない友達の噂話をはじめながら、今夜はこの家で泊めて貰おうと思ったが、ふと気がつけばお仙はともかく、お仙の母親は、界隈の札つき娘で通っている女を泊めることが迷惑らしかった。安子はしばらく喋っていた後、

「明日もしうちのお父つぁんに逢ったら、今夜は本郷の叔母さんちへ泊って田舎へ行ったって、そう云って頂戴な」

そう言づけを頼んで、風の中へしょんぼり出て行ったが、足はいつか明神様へ引っ返していた。二度目の明神様はつまらなかったが、節分の夜らしい浮々したあたりの雰囲気に惹きつけられた。雑閙《ざっとう》に押されながら当てもなし歩いていると、

「おい、安ちゃん」と声を掛けられた。

振り向くと、折井という神田の不良青年であった。折井は一年前にしきりに自分を尾け廻していたことがあり、いやな奴と思っていたが、心の寂しい時は折井のような男でも口を利けば慰さめられた。

並んで歩き出すと折井は、

「どうだ、これから浅草へ行かないか」

一年前と違い、何か押しの利く物の云い方だった。折井は神田でちゃちな与太者

に過ぎなかったが、一年の間に浅草の方で顔を売り、黒姫団の団長であった。浅草へゆくと、折井は簪《かんざし》を買ってくれたり、しるこ屋へ連れて行ってくれたり、夜店の指輪も折井が買うと三割引だった。

「こんな晩くなっちゃ、うちへ帰れないわ」

安子が云うと、折井はじゃ僕に任かせろと、小意気な宿屋へ連れて行ってくれた。部屋にはいると、赤い友禅模様の蒲団を掛けた炬燵が置いてあり、風呂もすぐにはいれ、寒空を歩いてきた安子にはその温さがそのまま折井の温さかと見えて、もういやな奴ではなかった。

いざという時には突き飛ばしてやる気で随いてきたのだが、抱かれると安子の方が燃えた。

折井は荒木と違って、吉原の女を泣かせたこともあるくらいの凄い男で、耳に口を寄せて囁く時の言葉すら馴れたものだったから、安子ははじめて女になったと思った。

翌日から安子は折井と一緒に浅草を歩き廻り、黒姫団の団員にも紹介されて、悪の世界へ足を踏み入れると、安子のおきゃんな気っぷと美貌は男の団員たちがはっと固唾を飲むくらい凄く、団員は姐御とよんだ。気位の高い安子はけちくさい脅迫や、しみったれた万引など振りむきもせず、安子が眼をつけた仕事はさすがの折井もふるえる位の大仕事だった。いつか安子は団長に祭り上げられて、華族の令嬢のような身なりで浅草をのし歩いた。ところがこのことは直ぐ両親に知れて、うむを云わさぬ父親の手に連れられて、新銀町へ戻された。

戻ってみると、相模屋の暖簾もすっかりした前で職人も一人いるきりだった。安子は白髪のふえた父親の前に手をついて、二度と悪いことはしないと誓った。そして、父親の出入先の芝の聖坂にある実業家のお邸へ行儀見習に遣られた。安子は十日許り窮屈な辛棒をしていたが、そこの令嬢が器量の悪い癖にぞろりと着飾って、自分をこき使うのが癪だとそろそろ肚の虫が動き出した矢先、ある夜、主人が安子に向って変な眼付をした。なんだいこんな家と、翌《あく》る日、安子は令嬢の真珠の指輪に羽二重の帯や御召のセルを持ち出して、浅草の折井をたずね、女中部屋の夢にまで見た折井の腕に抱かれた。その翌朝、警察の手が廻って錦町署に留置された。検事局へ廻されたが、未成年者だというので釈放され、父親の手に渡された。

そんな事があってみれば、両親ももう新銀町には居たたまれなかった。両親は夜逃げ同然に先祖代々の相模屋をたたんで、埼玉の田舎へ引っ込んでしまった。一つには借金で首が廻らなくなっていたのだ。

安子も両親について埼玉へ行ったが、三日で田舎ぐらしに飽いてしまった。丁度そこへやってきたのが横浜にいる兄の新太郎で、

「どうだ横浜で芸者にならぬか」と、それをすすめにきたのだった。

「そうね、なってもいいわよ」

安子の返事の簡単さにさすがの新太郎も驚いたが、しかし父親はそれ以上に驚いて、

「莫迦なことを云うもんじゃねえ」

と安子の言葉を揉み消すような云い方をしたが、ふと考えてみれば、安子のような女はもうまともな結婚は出来そうにないし、といって堅気のままで置けば、いずれ不仕末を仕出かすに違いあるまい。それならばいっそ新太郎の云うように水商売に入れた方がかえって素行も収まるだろう。もともと水商売をするように生れついた女かも知れない、——そう考えると父親も諦めたのか、

「じゃそうしねえ」と、もう強い反抗もしなかった。

安子はやがて新太郎に連れられて横浜へ行き芸者になった。前借金の大半は新太郎がまき上げた。この時安子は十八歳であった。

# 好色

芥川龍之介

## 芥川《あくたがわ》龍《りゅう》之介《のすけ》（一八九二〜一九二七）

東京生まれ。東京大学在学中の一九一六年、菊池寛、久米正雄らと第四次「新思潮」を発刊。同誌の創刊号に発表した『鼻』が夏目漱石に認められ、翌年、刊行した第一小説集『羅生門』で注目を集める。日本の説話を題材にした『芋粥』『地獄変』、キリシタンものの『きりしとほろ上人伝』『南京の基督』、中国の古典文学に取材した『杜子春』など様々なスタイルを使いわける技巧派の作家として活躍する。鈴木三重吉が進めた児童文学運動に共鳴したため、『蜘蛛の糸』など児童文学も多い。一九二七年、大量の睡眠薬を飲んで自殺。没後、菊池寛によって芥川賞が創設され、現在も権威ある文学賞として続いている。

平中といふ色ごのみにて、宮仕人はさらなり、人の女など忍びて見ぬはなかりけり。
宇治拾遺物語

何《いか》でかこの人に不会《あわ》では止まむと思ひ迷ける程に、平中病付にけり。然《しこうし》て悩《なやみ》ける程に死にけり。

今昔物語

色を好むといふは、かやうのふるまひなり。
十訓抄

## 一　画姿

泰平の時代にふさわしい、優美なきらめき烏帽子《えぼし》の下には、下ぶくれの顔がこちらを見ている。そのふっくりと肥った頰に、鮮かな赤みがさしているのは、何も臙《えん》脂《じ》をぼかしたのではない。男には珍しい餅肌が、自然と血の色を透かせたのである。髭は品の好い鼻の下に、——と云うよりも薄い唇の左右に、丁度薄墨を刷《は》いたように、僅ばかりしか残っていない。しかしつややかな鬢《びん》の上には、霞も立たない空の色さえ、ほんのりと青みを映している。耳はその鬢のはずれに、ちょいと上った耳たぶだけ見える。それが蛤の貝のような、暖かい色をしているのは、かすかな光の加減らしい。眼は人よりも細い中に、絶えず微笑が漂っている。殆《ほとんど》その瞳の底には、何時でも咲き匂った桜の枝が、浮んでいるのかと思う位、晴れ晴れした微笑が漂っている。が、多少注意をすれば、其処には必しも幸福のみが住まっていない事がわかるかも知れない。これは遠い何物かに、惝怳《しょうきょう》を持った微笑である。同時に又手近い一切に、軽蔑を抱いた微笑である。頸は顔に比べると、寧ろ華奢すぎると評しても好い。その頸には白い汗衫《かざみ》の襟が、かすかに香を焚きしめた、菜の花色の水干《すいかん》の襟と、細い一線を画いている。顔の後にほのめいているのは、鶴を織り出した几帳であろうか？　それとものどかな山の裾に、女松《めまつ》を描いた障子であろうか？　兎に角曇った銀のような、薄白い明みが拡がっている。…………

　これが古い物語の中から、わたしの前に浮んで来た「天《あま》が下の色好み」平《たいら》の貞文《さだぶみ》の似顔である。平《たいら》の好風《よしかぜ》に子が三人ある、丁度その次男に生まれたから、平中《へいちゅう》と渾名を呼ばれたと云う、わたしの Don Juan の似顔である。

## 二　桜

　平中は柱によりかかりながら、漫然と桜を眺めている。近々と軒に迫った桜は、もう盛りが過ぎたらしい。そのやや赤みの褪《あ》せた花には、永い昼過ぎの日の光が、さし交した枝の向き向きに、複雑な影を投げ合っている。が、平中の眼は桜にあっても、平中の心は桜にない。彼はさっきから漫然と、侍従の事を考えている。

「始めて侍従を見かけたのは、――」

平中はこう思い続けた。

「始めて侍従を見かけたのは、――あれは何時の事だったかな？　そうそう、何でも稲荷詣でに出かけると云っていたのだから、初午《はつうま》の朝だったのに違いない。あの女が車へ乗ろうとする、おれが其処へ通りかかる、――と云うのが抑々《そもそも》の起りだった。顔は扇をかざした陰にちらりと見えただけだったが、紅梅《こうばい》や萌黄《もえぎ》を重ねた上へ、紫の袿《うちぎ》をひっかけている、――その容子が何とも云えなかった。おまけに轜《はこ》へはいる所だから、片手に袴をつまんだ儘、心もち腰をかがめ加減にした、――その又恰好もたまらなかったっけ。本院の大臣《おとど》の御屋形《おんやかた》には、ずいぶん女房も沢山いるが、まずあの位なのは一人もないな。あれなら平中が惚れたと云っても、――」

平中はちょいと真顔になった。

「だが本当に惚れているかしら？　惚れていると云えば、惚れているようでもあるし、惚れていないと云えば、惚れて、――一体こんな事は考えていると、だんだんわからなくなるものだが、まあ一通りは惚れているな。尤もおれの事だから、いくら侍従に惚れたと云っても、眼さきまで昏《くら》んでしまいはしない。何時かあの範実《のりざね》のやつと、侍従の噂をしていたら、憾《うら》むらくは髪が薄すぎると、聞いた風な事を云ったっけ、あんな事は一目見た時に、もうちゃんと気がついていたのだ。範実なぞと云う男は、篳篥《ひちりき》こそちっとは吹けるだろうが、好色の話となった日には、——まあ、あいつはあいつとして置け。差向きおれが考えたいのは、侍従一人の事なのだから、——所でもう少し欲を云えば、顔もあれじゃ寂しすぎるな。それも寂しすぎると云うだけなら、何処か古い画巻じみた、上品な所がある筈だが、寂しい癖には薄情らしい、妙に落着いた所があるのは、どう考えても頼もしくない。女でもああ云う顔をしたのは、存外人を食っているものだ。その上色も白い方じゃない、浅黒いとまでは行かなくっても、琥珀色位な所はあるな。しかし何時見てもあの女は、何だかこう水際立った、震いつきたいような風をしている。あれは確かにどの女も、真似の出来ない芸当だろう。………」

平中は袴の膝を立てながら、うっとりと軒の空を見上げた。空は簇《むらが》った花の間に、薄青い色をなごませている。

「それにしてもこの間から、いくら文を持たせてやっても、返事一つよこさないのは、剛情にも程があるじゃないか？　まあおれが文をつけた女は、大抵は三度目に靡《なび》いてしまう。たまに堅い女があっても、五度と文をやった事はない。あの恵眼《えげん》と云う仏師の娘なぞは、一首の歌だけに落ちたものだ。それもおれの作った歌じゃない。誰かが、――そうそう、義輔《よしすけ》が作った歌だっけ。義輔はその歌を書いてやっても、とんと先方の青女房には相手にされなかったとか云う話だが、同じ歌でもおれが書けば――尤も侍従はおれが書いても、やっぱり返事はくれなかったから、あんまり自慢は出来ないかも知れない。しかし兎に角おれの文には必ず女の返事が来る、返事が来れば逢う事になる。逢う事になれば大騒ぎをされる。大騒ぎをされれば――じきに又それが鼻についてしまう。こうまあ相場がきまっていたものだ。所が侍従には一月ばかりに、ざっと二十通も文を書いたが、何とも便りがないのだからな。おれの艶書の文体にしても、そう無際限にある訳じゃなし、そろそろもう跡が続かなくなった。だが今日やった文の中には、「せめては唯見つとばかりの、二文字だに見せ給え」と書いてやったから、何とか今度こそ返事があるだろう。ないかな？　もし今日も亦ないとすれば、――ああ、ああ、おれもついこの間までは、こんな事に気骨を折る程、意気地のない人間じゃなかったのだがな。何でも豊楽院《ぶらくいん》の古狐は、女に化けると云う事だが、きっとあの狐に化かされたのは、こんな気がするのに違いない。同じ狐でも奈良坂の狐は、三抱えもあろうと云う杉の木に化ける。

嵯峨の狐は牛車《ぎっしゃ》に化ける。高陽川《かやがわ》の狐は女の童《めわらわ》に化ける。桃園の狐は大池に化け――狐の事なぞはどうでも好い。ええと、何を考えていたのだっけ?」

平中は空を見上げた儘、そっと欠伸《あくび》を噛殺した。花に埋まった軒先からは、傾きかけた日の光の中に、時々白いものが翻って来る。何処かに鳩も啼いているらしい。

「兎に角あの女には根負けがする。たとえ逢うと云わないまでも、おれと一度話さえすれば、きっと手に入れて見せるのだがな。まして一晩逢いでもすれば、――あの摂津《せっつ》でも小中将でも、まだおれを知らない内は、男嫌いで通していたものだ。それがおれの手にかかると、あの通り好きものになるじゃないか? 侍従にした所が金仏《かなぼとけ》じゃなし、有頂天にならない筈はあるまい。しかしあの女はいざとなっても、小中将のようには恥しがるまいな。と云って又摂津のように、妙にとりすます柄でもあるまい。きっと袖を口へやると、眼だけにっこり笑いながら、――」

「殿様。」

「どうせ夜の事だから、切り燈台か何かがともっている。その火の光があの女の髪へ、――」

「殿様。」

平中はやや慌てたように、烏帽子の頭を後へ向けた。後には何時か童が一人、じっと伏し眼になりながら、一通の文をさし出している。何でもこれは一心に、笑うのをこらえていたものらしい。

「消息《しょうそこ》か？」

「はい、侍従様から、――」

童はこう云い終ると、匆々《そうそう》主人の前を下った。

「侍従様から？　本当かしら？」

平中は、殆《ほとん》ど恐る恐る、青い薄葉《うすよう》の文を開いた。

「範実や義輔の悪戯《いたずら》じゃないか？　あいつ等はみんなこんな事が、何よりも好きな閑人《ひまじん》だから、――おや、これは侍従の文だ。侍従の文には違いないが、――この文は、これは、何と云う文だい？」

平中は文を抛り出した。文には「唯見つとばかりの、二文字だに見せ給え」と書いてやった、その「見つ」と云う二文字だけが、――しかも平中の送った文から、その二文字だけ切り抜いたのが、薄葉に貼りつけてあったのである。

「ああ、ああ、天《あま》が下の色好みとか云われるおれも、この位莫迦《ばか》にされれば世話はないな。それにしても侍従と云うやつは、小面《こづら》の憎い女じゃないか？　今にどうするか覚えていろよ。…………」

平中は膝を抱えた儘、茫然と桜の梢を見上げた。青い薄葉の翻った上には、もう風に吹かれた落花が、点々と幾ひらもこぼれている。…………

## 三　雨夜

それから二月程たった後である。或長雨の続いた夜、平中は一人本院の侍従の局《つぼね》へ忍んで行った。雨は夜空が溶け落ちるように、凄まじい響を立てている。路は泥濘と云うよりも、大水が出たのと変りはない。こんな晩にわざわざ出かけて行けば、いくらつれない侍従でも、憐れに思うのは当然である、——こう考えた平中は、局の口へ窺いよると、銀を張った扇を鳴らしながら、案内を請うように咳ばらいをした。

すると十五六の女の童《わらわめ》が、すぐに其処へ姿を見せた。ませた顔に白粉をつけた、さすがに睡むそうな女の童である。平中は顔を近づけながら、小声に侍従へ取次を頼んだ。

一度引きこんだ女の童は、局の口へ帰って来ると、やはり小声にこんな返事をした。

「どうかこちらに御待ち下さいまし。今に皆様が御休みになれば、御逢いになるそうでございますから。」

平中は思わず微笑した。そうして女の童の案内通り、侍従の居間の隣らしい、遣戸《やりど》の側に腰を下した。

「やっぱりおれは智慧者だな。」

女の童が何処かへ退いた後、平中は独りにやにやしていた。

「さすがの侍従も今度と云う今度は、とうとう心が折れたと見える。兎角女と云うやつは、ものの哀れを感じ易いからな。其処へ親切気を見せさえすれば、すぐにころりと落ちてしまう。こう云う甲所《かんどころ》を知らないから、義輔や範実は何と云っても、――待てよ。だが今夜逢えると云うのは、何だか話が旨《うま》すぎるようだぞ。――」

平中はそろそろ不安になった。

「しかし逢いもしないものが、逢うと云う訳もなさそうなものだ。するとおれのひがみかな？　何しろざっと六十通ばかり、のべつに文を持たせてやっても、返事一つ貰えなかったのだから、ひがみの起るのも尤もな話だ。が、ひがみではないとしたら、――又つくづく考えると、ひがみではない気もしない事はない。いくら親切に絆《ほだ》されても、今までは見向きもしなかった侍従が、――と云っても相手はおれだからな。この位平中に思われたとなれば、急に心も融《と》けるかも知れない。」

平中は衣紋《えもん》を直しながら、怯《お》ず怯《お》ずあたりを透かして見た。が、彼のいまわりには、くら闇の外に何も見えない。その中に唯雨の音が、桧肌葺《ひはだぶき》の屋根をどよませている。

「ひがみだと思えば、ひがみのようだし、ひがみでないと、――いや、ひがみだと思っていれば、ひがみでも何でもなくなるし、ひがみでないと思っていれば、案外ひがみですみそうな気がする。一体運なぞと云うやつは、皮肉に出来ているものだからな。して見れば何でも一心にひがみでないと思う事だ。そうすると今にもあの女が、――おや、もうみんな寝始めたらしいぞ。」

平中は耳を側立《そばだ》てた。成程ふと気がついて見れば、不相変《あいかわらず》小止《おや》みない雨声と一しょに、御前へ詰めていた女房たちが局々に帰るらしい、人ざわめきも聞えて来る。

「此処が辛抱のし所だな。もう半時もたちさえすれば、おれは何の造作もなく、日頃の思いが晴らされるのだ。が、まだ何だか肚《はら》の底には、安心の出来ない気もちもあるぞ。そうそう、これが好いのだっけ。逢われないものだと思っていれば、不思議に逢う事が出来るものだ。しかし皮肉な運のやつは、そう云うおれの胸算用も、見透《みす》かしてしまうかも知れないな。じゃ逢われると考えようか？　それにしても勘定づくだから、やっぱりこちらの思うようには、——ああ、胸が痛んで来た。一そ何か侍従なぞとは、縁のない事を考えよう。大分どの局《つぼね》もひっそりしたな。聞えるのは雨の音ばかりだ。じゃ早速眼をつぶって、雨の事でも考えるとしよう。春雨、五月雨、夕立、秋雨、……秋雨と云う言葉があるかしら？　秋の雨、冬の雨、雨だれ、雨漏り、雨傘、雨乞い、雨龍、雨蛙、雨革、雨宿り、……」

　こんな事を思っている内に、思いがけない物の音が、平中の耳を驚かせた。いや、驚かせたばかりではない、この音を聞いた平中の顔は、突然弥陀《みだ》の来迎《らいこう》を拝した、信心深い法師よりも、もっと歓喜に溢れていた。何故と云えば遣戸《やりど》の向うに、誰か懸け金を外した音が、はっきり耳に響いたのである。

　平中は遣戸を引いて見た。戸は彼の思った通り、するりと閾《しきい》の上を辷《すべ》った。その向うには不思議な程、空焚《そらだき》の匂が立ち罩《こ》めた、一面の闇が拡がっている。平中は静かに戸をしめると、そろそろ膝で這いながら、手探りに奥へ進み寄った。が、この艶《なまめ》いた闇の中には、天井の雨の音の外に、何一つ物のけはいもしない。たまたま手がさわったと思えば、衣桁や鏡台ばかりである。平中はだんだん胸の動悸が、高まるような気がし出した。

「いないのかな？　いれば何とか云いそうなものだ。」

こう彼が思った時、平中の手は偶然にも柔かな女の手にさわった。それからずっと探りまわすと、絹らしい打衣《うちぎぬ》の袖にさわる。その衣の下の乳房にさわる。円々した頬や頤《あご》にさわる。氷よりも冷たい髪にさわる。——平中はとうとう闇の中に、じっと独り横になった、恋しい侍従を探り当てた。

これは夢でも幻でもない。侍従は平中の鼻の先に、打衣《うちぎぬ》一つかけた儘、しどけない姿を横たえている。彼は其処にいすくんだなり、我知らずわなわな震え出した。が、侍従は相不変、身動きをする気色さえ見えない。こんな事は確か何かの草紙に、書いてあったような心もちがする。それともあれは何年か以前、大殿油《おおとのあぶら》の火影《ほかげ》に見た何かの画巻にあったのかも知れない。

「忝《かたじけ》ない。忝ない。今まではつれないと思っていたが、もう向後は御仏よりも、お前に身命を捧げるつもりだ。」

平中は侍従を引き寄せながら、こうその耳に囁《ささや》こうとした。が、いくら気は急《せ》いても、舌は上顎《うわあご》に引ついた儘、声らしいものは口へ出ない。その内に侍従の髪の匂や、妙に暖い肌の匂は、無遠慮に彼を包んで来る。——と思うと彼の顔へは、かすかな侍従の息がかかった。

一瞬間、——その一瞬間が過ぎてしまえば、彼等は必ず愛欲の嵐に、雨の音も、空焚《そらだ》きの匂も、本院の大臣《おとど》も、女の童も忘却してしまったに相違ない。しかしこの際どい刹那に、侍従は半ば身を起すと、平中の顔に顔を寄せながら、恥しそうな声を出した。

「お待ちなさいまし。まだあちらの障子には、懸金《かけがね》が下してございませんから、あれをかけて参ります。」

平中は唯頷《うなず》いた。侍従は二人の褥《しとね》の上に、匂の好い暖《ぬく》みを残した儘、そっと其処を立って行った。

「春雨、侍従、弥陀如来、雨宿り、雨だれ、侍従、侍従、……………」

平中はちゃんと眼を開いたなり、彼自身にも判然しない、いろいろな事を考えている。すると向うのくら闇に、かちりと懸金を下す音がした。

「雨龍、香炉、雨夜のしなさだめ、ぬば玉の闇のうつつはさだかなる夢にいくらもまさらざりけり、夢にだに、——どうしたのだろう？　懸金はもう下りたと思ったが、——」

平中は頭を擡《もた》げて見た。が、あたりにはさっきの通り、空焚きの匂が漂った、床しい闇があるばかりである。侍従は何処へ行ったものか、衣ずれの音も聞えて来ない。

「まさか、――いや、事によると、――」

平中は褥《しとね》を這い出すと、又元のように手探りをしながら、向うの障子へ辿りついた。すると障子には部屋の外から、厳重に懸金が下してある。その上耳を澄ませて見ても、足音一つさせるものはない。局々は大雨の中に、いずれもひっそりと寝静まっている。

「平中、平中、お前はもう天が下の色好みでも何でもない。――」

平中は障子に寄りかかった儘、失心したように呟いた。

「お前の容色も劣えた。お前の才も元のようじゃない。お前は範実や義輔よりも、見下げ果てた意気地なしだ。………」

## 四　好色問答

これは平中の二人の友達――義輔と範実との間に交換された、或無駄話の一節である。

義輔「あの侍従と云う女には、さすがの平中もかなわないそうだね。」

範実「そう云う噂だね。」

義輔「あいつには好い見せしめだよ。あいつは女御更衣《にょご》でなければ、どんな女にでも手を出す男だ。ちっとは懲らしてやる方が好い。」
範実「へええ、君も孔子の御弟子か？」
義輔「孔子の教なぞは知らないがね。どの位女が平中の為に、泣かされたか位は知っているのだ。もう一言次手につけ加えれば、どの位苦しんだ夫があるか、どの位腹を立てた親があるか、どの位怨んだ家来があるか、それもまんざら知らないじゃない。そう云う迷惑をかける男は、当然鼓《こ》を鳴らして責むべき者だ。君はそうは考えないかね？」
範実「そうばかりも行かないからね。成程平中一人の為に、世間は迷惑しているかも知れない。しかしその罪は平中一人が、負うべきものでもなかろうじゃないか？」
義輔「じゃ又外は誰が負うのだね？」
範実「それは女に負わせるのさ。」
義輔「女に負わせるのは可哀そうだよ。」
範実「平中に負わせるのも可哀そうじゃないか？」
義輔「しかし平中が口説いたのだからな。」

範実「男は戦場に太刀打ちをするが、女は寝首しか掻かないのだ。人殺しの罪は変るものか。」
義輔「妙に平中の肩を持つな。だがこれだけは確かだろう？　我々は世間を苦しませないが、平中は世間を苦しませている。」
範実「それもどうだかわからないね。一体我々人間は、如何なる因果か知らないが、互に傷け合わないでは、一刻も生きてはいられないものだよ。唯平中は我々よりも、余計に世間を苦しませている。この点は、ああ云う天才には、やむを得ない運命だね。」
義輔「冗談じゃないぜ。平中が天才と一しょになるなら、この池の鰌《どじょう》も龍になるだろう。」
範実「平中は確かに天才だよ。あの男の顔に気をつけ給え。あの男の声を聞き給え。あの男の文を読んで見給え。もし君が女だったら、あの男と一晩逢って見給え。あの男は空海上人だとか小野道風《おののとうふう》だとかと同じように、母の胎内を離れた時から、非凡な能力を授かって来たのだ。あれが天才でないと云えば、天下に天才は一人もいない。その点では我々二人の如きも、到底平中の敵じゃないよ。」
義輔「しかしだね。しかし天才は君の云うように、罪ばかり作ってはいないじゃないか？　たとえば道風の書を見れば、微妙な筆力に動かされるとか、空海上人の誦経《ずきょう》を聞けば――」

範実「僕は何も天才は、罪ばかり作ると云いはしない。罪も作ると云っているのだ。」

義輔「じゃ平中とは違うじゃないか？　あいつの作るのは罪ばかりだぜ。」

範実「それは我々にはわからない筈だ。仮名も碌に書けないものには、道風の書もつまらないじゃないか？　信心気のちっともないものには、空海上人の誦経よりも、傀儡《くぐつ》の歌の方が面白いかも知れない。天才の功徳がわかる為には、こちらにも相当の資格が入るさ。」

義輔「それは君の云う通りだがね、平中尊者の功徳なぞは、――」

範実「平中の場合も同じじゃないか？　ああ云う好色の天才の功徳は、女だけが知っている筈だ。君はさっきどの位女が平中の為に泣かされたかと云ったが、僕は反対にこう云いたいね。どの位女が平中の為に、無上の歓喜を味わったか、どの位女が平中の為に、しみじみ生き甲斐を感じたか、どの位女が平中の為に、犠牲の尊さを教えられたか、どの位女が平中の為に、――」

義輔「いや、もうその位で沢山だよ。君のように理窟をつければ、案山子《かかし》も鎧武者《よろいむしゃ》になってしまう。」
範実「君のように嫉妬深いと、鎧武者も案山子と思ってしまうぜ。」
義輔「嫉妬深い？　へええ、これは意外だね。」
範実「君は平中を責める程、淫奔な女を責めないじゃないか？　たとえ口では責めていても、肚《はら》の底では責めていまい。それはお互に男だから、何時か嫉妬が加わるのだ。我々はみんな多少にしろ、もし平中になれるものなら、平中になって見たいと云う、人知れない野心を持っている。その為に平中は謀叛人《むほんにん》よりも、一層我々に憎まれるのだ。考えて見れば可哀そうだよ。」
義輔「じゃ君も平中になりたいかね？」
範実「僕か？　僕はあまりなりたくない。だから僕が平中を見るのは、君が見るよりも公平なのだ。平中は女が一人出来ると、忽ちその女に飽きてしまう。そうして誰か外の女に、可笑しい程夢中になってしまう。あれは平中の心の中には、何時も巫山《ふざん》の神女のような、人倫を絶した美人の姿が、髣髴《ほうふつ》と浮んでいるからだよ。平中は何時も世間の女に、そう云う美しさを見ようとしている。実際惚れている時には、見る事が出来たと思っているのだ。が、勿論二三度逢えば、そう云う蜃気楼は壊れてしまう。その為にあいつは女から女へ、転々と憂き身をやつしに行くのだ。しかも末法の世の中に、そんな美人のいる筈はないから、結局平中の一生は、不幸に終るより仕方がない。その点では君や僕の方が、遥かに仕合せだと云うものさ。しかし平中の不幸なのは、云わば天才なればこそだね。あれは平中一人じゃない。空海上人や小野の道風も、きっとあいつと似ていたろう。兎に角仕合せになる為には、御同様凡人が一番だよ。……」

## 五　まりも美しとなげく男

平中は独り寂しそうに、本院の侍従の局《つぼね》に近い、人気のない廊下に佇んでいる。その廊下の欄にさした、油のような日の色を見ても、又今日は暑さが加わるらしい。が、庇の外の空には、簇々《そうそう》と緑を抽《ぬ》いた松が、静かに涼しさを守っている。

「侍従はおれを相手にしない。おれももう侍従は思い切った。――」

平中は蒼白い顔をした儘、ぼんやりこんな事を思っている。

「しかしいくら思い切っても、侍従の姿は幻のように、必ず眼前に浮んで来る。おれは何時かの雨夜以来、唯この姿を忘れたいばかりに、どの位四方の神仏へ、祈願を凝らしたかわからない。が、加茂の御社へ行けば、御鏡の中にありありと、侍従の顔が映って見える。清水の御寺の内陣にはいれば、観世音菩薩の御姿さえ、その儘侍従に変ってしまう。もしこの姿が何時までも、おれの心を立ち去らなければ、おれはきっと焦れ死に、死んでしまうのに相違ない。――」

平中は長い息をついた。

「だがその姿を忘れるには、――たった一つしか手段はない。それは何でもあの女の浅間《あさま》しい所を見つける事だ。侍従もまさか天人ではなし、不浄もいろいろ蔵しているだろう。其処を一つ見つけさえすれば、丁度女房に化けた狐が、尾のある事を知られたように、侍従の幻も崩れてしまう。おれの命はその刹那に、やっとおれのものになるのだ。が、何処が浅間しいか、何処が不浄を蔵しているか、それは誰も教えてくれない。ああ、大慈大悲の観世音菩薩、どうか其処を御示し下さい、侍従が河原の女乞食と、実は少しも変らない証拠を。……………」

平中はこう考えながら、ふと懶《ものう》い視線を挙げた。

「おや、あすこへ来かかったのは、侍従の局の女の童ではないか？」

あの利巧そうな女の童は、撫子重《なでしこがさ》ねの薄物の衵《あこめ》に、色の濃い袴を引きながら、丁度こちらへ歩いて来る。それが赤紙の画扇の陰に、何か筥《はこ》を隠しているのは、きっと侍従のした糞《まり》を捨てに行く所に相違ない。その姿を一目見ると、突然平中の心の中には、或大胆な決心が、稲妻のように閃き渡った。

平中は眼の色を変えたなり、女の童の行く手に立ち塞がった。そしてその筥をひったくるや否や、廊下の向うに一つ見える、人のいない部屋へ飛んで行った。不意を打たれた女の童は、勿論泣き声を出しながら、ばたばた彼を追いかけて来る。が、その部屋へ躍りこむと、平中は、遣戸《やりど》を立て切るが早いか、手早く懸け金を下してしまった。

「そうだ。この中を見れば間違いない。百年の恋も一瞬の間に、煙よりもはかなく消えてしまう。…………」

平中はわなわな震える手に、ふわりと筥の上へかけた、香染《こうぞめ》の薄物を掲げて見た。筥は意外にも精巧を極めた、まだ真新しい蒔絵である。

「この中に侍従の糞がある。同時におれの命もある。…………」

平中は其処に佇んだ儘、じっと美しい筥を眺めた。局の外には忍び忍びに、女の童の泣き声が続いている。が、それも何時の間にか、重苦しい沈黙に呑まれてしまう。と思うと遣戸や障子も、だんだん霧のように消え始める。いや、もう今では昼か夜か、それさえ平中には判然しない。唯彼の眼の前には、時鳥《ほととぎす》を描いた筥が一つ、はっきり空中に浮き出している。

「おれの命の助かるのも、侍従と一生の別れをするのも、皆この筥に懸っている。この筥の蓋を取りさえすれば、――いや、それは考えものだぞ。侍従を忘れてしまうのが好いか、甲斐のない命を長らえるのが好いか、おれにはどちらとも返答出来ない。たとえ焦がれ死をするにもせよ、この筥の蓋だけは取らずに置こうか？

………………」

平中は窶《やつ》れた頰の上に、涙の痕を光らせながら、今更のように思い惑った。しかし少時沈吟した後、急に眼を輝かせると、今度はこう心の中に一生懸命の叫声を挙げた。

「平中！　平中！　お前は何と云う意気地なしだ？　あの雨夜を忘れたのか？　侍従は今もお前の恋を嘲笑《あざわら》っているかも知れないのだぞ。生きろ！　立派に生きて見せろ！　侍従の糞《まり》を見さえすれば、必お前は勝ち誇れるのだ。………」

平中は殆《ほとん》ど気違いのように、とうとう筥の蓋を取った。筥には薄い香色の水が、たっぷり半分程はいった中に、これは濃い香色の物が、二つ三つ底へ沈んでいる。と思うと夢のように、丁字《ちょうじ》の匂が鼻を打った。これが侍従の糞であろうか？　いや、吉祥天女にしても、こんな糞はする筈がない。平中は眉をひそめながら、一番上に浮いていた、二寸程の物をつまみ上げた。そうして髭にも触れる位、何度も匂を嗅ぎ直して見た。匂は確かに紛れもない、飛び切りの沈《じん》の匂である。

「これはどうだ！　この水もやはり匂うようだが、――」

平中は筥を傾けながら、そっと水を啜《すす》って見た。水も丁字を煮返した、上澄みの汁に相違ない。

「するとこいつも香木《こうぼく》かな？」

平中は今つまみ上げた、二寸程の物を噛みしめて見た。すると歯にも透る位、苦味の交った甘さがある。その上彼の口の中には、忽ち橘《たちばな》の花よりも涼しい、微妙な匂が一ぱいになった。侍従は何処から推量したか、平中のたくみを破る為に、香細工の糞をつくったのである。

「侍従！　お前は平中を殺したぞ！」

平中はこう呻《うめ》きながら、ばたりと蒔絵の筥を落した。そうして其処の床の上へ、仏倒しに倒れてしまった。その半死の瞳の中には、紫摩金《しまごん》の円光にとりまかれた儘、嫣然《てんぜん》と彼にほほ笑みかけた侍従の姿を浮べながら。…………

しかしその時の侍従の姿は、何時か髪も豊かになれば、顔も殆玉のように変っていた事は事実である。

# 魔睡《ますい》

森　鷗外

森《もり》 鷗外《おうがい》（一八六二～一九二二）

津和野藩（現在の島根県）生まれ。一八八一年に東京大学医学部を卒業し軍医となる。一八八四年からドイツに留学、衛生学を学ぶ一方で、ハルトマンの美学に傾倒。一八八八年に帰国すると、ハルトマン『審美学綱領』を紹介し、共訳詩集『於母影』、翻訳『即興詩人』、小説『舞姫』などを発表。西洋的な社交サロンを好んだとされ、観潮楼と号した自宅で歌会を開いている。日露戦争後は、『ヰタ・セクスアリス』『青年』などによって文壇の第一人者となる。乃木希典の殉死に衝撃を受け初の歴史小説『興津弥五右衛門の遺書』を発表、その後は歴史に材を採った作品が増え、『渋江抽斎』などの史伝に結実した。

法科大学教授大川渉《わたる》君は居間の真中へ革包《かばん》を出して、そこら中《じゅう》に書物やシャツなどを取り散らして、何か考えては革包《かばん》の中《なか》へしまい込んでいる。大川博士は気のゆったりした人で、何事があっても驚くの慌てるのということはない。世間の人の周章狼狽するような事に出くわすと、先生極て平気で、不断から透明な頭《あたま》がいよいよ透明になって来る。教授会議や何ぞで、何か問題が混雑して来て、学長が整理に困るような時、先生が徐《おもむ》ろに起って、いつもの重くろしい口吻で意見を陳べると、大抵の事は解決を告げることになる。その議論は往々快刀乱麻を断つ概がある。それだから友人の間では、あの男を教授にして置くのは惜しいものだ、行政官にして事務を捌かせて見たい、いや一その事、弁護士にして、疑獄の裁判にあの頭《あたま》を用いさせて見たいなどと云っている。その癖当人は政事臭い事には少しも手を出さない。それは何でも半分為《す》るということが大嫌だからである。ところが先生は小間小間した事にはすぐに閉口する。先ず旅行なぞという事になると、一週間も前から苦にする。それは旅行に附随して来る種々の瑣末な事件を煩わしく思うのである。行李を整頓するなども其一つである。そんならその煩わしい事を人に任せるかというと、そうでもない。友人が何故《なぜ》人にさせないのだと問うと、どうも人にさせると不必要な物を入れて困るという。必要な物が有ったら、其上に不必要な物が交っている位好いではないかと云うと、それはそうだ、金持で、人を大勢連れて、沢山荷物を持って旅行をするのなら、家財を皆持って歩いても好《い》いのだ、たった一つの小さい革包を人に詰めさせて出て、旅行先で開《あ》けて見た時に、探す物が上の方にはいってないと、己《おれ》は面倒だから、探す物を探し出さずに打遣って置くようになる、それ程なら、なんにも持たずに出た方が増だと云う。そこで、今日《きょう》なぞは細君が留守なのだが、いつも内にいる時でも手伝わせない。書生も下女も勿論遠ざけて、独りで遣っているのである。

博士は此度の旅行に必要な参考書丈を底の方へ詰めてしまった。此の旅行は、関西の或大会社でむずかしい事件が起って、政府の方からの内意をも受けて、民法に精しい博士が、特に実地に就いて調査する為めに、表向は休暇を貰って出掛けるのである。博士はほっと一息突いて、埃及《エジプト》烟草に一本火を附けた。一吹吹《すいす》って、灰皿の上に置いて、今一息だというので勇を鼓して、カラアやカフスやハンカチイフなどを革包に入れた。さて飲みさしの烟草を銜《くわ》えて考えた。それは汽車の中で読むには何が好かろうかと考えたのである。先生は市中で電車に乗るにでも、きっと何か本を持って乗る。旅行をすれば、汽車で本を読んでいる。併し決して専門の本を読むことは無い。読むには種々な物を読む。それだから哲学者と話すときは哲学の話をする。医者と話すときは医学の話をする。自分の専門の事はめったに話さない。それでいて、その多方面に亘っている話が頗《すこぶ》る要領を得ているから、法学者の中での博識として知られている。博士は暫く考えたが、こんな事に思議を費すのはだめだと思ったので、二三日前に独逸から来た、Dehmel 全集の第八巻、Hardt と Schönherr との脚本を革包に入れた。Dehmel は去年から来るのである。第八巻は論文集で、来たときに開《あ》けて見ると、初のペエジに宣告と題して、

Am Anfang war der Genius,
am Ende kommt der Kritikus.
Zuguterletzt : wer macht den Schluss?
zieh du ihn, Genius Publikus!

と書いてあった。博士は首を掉《ふ》って、Genius Publikus に最後の判決は覚束ないなと云った。脚本は Schillerpreis に中《あた》ったのを聞いて注文したのであった。上の方がまだ少し透いているので、一週間分ずつ纏めて送らせている Kölnische Zeitung を詰め込んだ。

その時襖が開《あ》いて、小倉の袴を穿《は》いた書生が閾際《しきいぎわ》に手を突いた。

「先生。杉村博士がお見えになりました。」

書生が案内をする暇《ひま》もなく、医科大学教授杉村茂君がずっとはいって来る。書生は其儘引下《さが》る。杉村博士は主人の部屋にはいって、坐《すわ》りもせずに、右の手で脱《はず》した鼻目金をいじりながら、そこいらを見廻してこう云った。

「やあ、大騒を遣っているなあ。何処《どこ》か出掛けるのかい。」

「うむ。半官半私というような旅行だ。まあ、坐り給え。夜汽車で立つのだから、まだゆっくりだ。」

「そうか。そりゃあちっとも知らなかった。」

客はそこにあった坐布団を自分で引き寄せてすわった。主人。

「今日《きょう》の新聞に、もう嗅ぎ出されているのだ。」

「新聞なんぞはめったに見ないからなあ。」

「僕も御同様だ。自分の事が出ているという事を人に聞いた位だ。君は又珍らしく出掛けたなあ。上野の花でも見て来たのかい。」

「上野も通ったが、花はもうだめだ。精養軒から車を返して、金井の処までぶらぶら来たのだ。白状すれば君の内は近いから、帰りに寄ったのだ。」

主人が民法研究を命ぜられて洋行した時に、医科の杉村と文科の金井とが一しょに行くことになった。三人共留学中は伯林《ベルリン》にいたので、非常に心安い。気質も頗《すこぶ》る似寄っている。中《なか》では金井湛《しづか》君が少し神経質な処丈違っているのであって、主人と杉村博士とは大《おお》ような、ゆったりした処が殆ど同じなのである。主人。

「好く寄ってくれた。君も大学の外にPraxisを遣っていて、拠《よんどころ》ない処は往診もするというのだから、なかなか人の処へ話しになんぞは来られないのだ。僕も詰まらない義理づくめで、講義の掛持を遣るもんだから、時間のないことは御同様だ。こんな折にでも寄ってくれなけりゃあ、めったに話も出来はしない。」

下女が茶を持って来る。主人は更に紅茶を命ずる。客。

「奥さんはどうした。」

「小石川の母が工合が悪いので、磯貝の処へ見て貰いに往くのを、連れて行ったのだ。電話で一しょに行ってくれろと云ってよこした時に、僕が立つことを妻《さい》が話した物だから、そんなら独りで行くと云ったそうだ。僕が立つのに妻なんぞはいなくても好《い》いから、是非一しょに行って上《あ》げろと云って、妻を附けて遣った。それでももう彼此帰る頃だよ。」

細君の里は実業界で名高い家で、小石川には大きい別邸がある。主人の外姑《しゅうとめ》はそこに住んでいるのである。

「どんな病気なのだ。」

「なあに。いつも君に見て貰う時の容態と大《たい》した違はないようだけれど、誰かが神経系病専門が好いとか何とか云ったので、磯貝へ往くことになったのだそうだ。」

「そうか。一体 Klimakterium であんな風なのは、初から神経系病の方へ持って行くのが好かったのだ。」

「はははは。そうしたら君が助かったのだろう。格別興味のある casus でもなさそうだから。」

「いや。僕はどんな患者でも興味を以て扱うのだ。」

「勿論それはそうだろう。僕が弁護士になってもそうだろうと思う。併し磯貝なんぞは患者を選んで取るというじゃあないか。」

「うむ。あれは受け合う以上はしっかり受け合うというのだそうだ。誰だって好い加減にする筈はないが、患者の数が少ければ少い丈、精密に観察することが出来るわけだから、あれも一《ひと》見識だろう。」

紅茶が出る。主客共飲む。客がそこにある埃及の紙巻を一本取るのを主人が留《と》めて、こう云った。

「待ち給え。君には此方が好《い》い。」

出したのは、さっき半分紙に包んで革包に入れた Manual Garcia の残《のこり》である。客は一寸箱の蓋を見て一本取る。

「なかなか奢《おご》っているなあ。」

「こんな物をいつも飲むのではないよ。此間《こないだ》独逸大使に詰まらない物を頼まれて訳して遣ったので、其礼に貰ったのだ。」

客は少し飲んで、真白《まっしろ》になって崩れずにいるシガアの灰を見て、何か考えているようだったが、ふいとこう云い出した。

「君は磯貝と交際しているか。」

「うむ。別に交際しているというのでもない。お互に伯林を立とうと思っている真際に、あの男は着いたので、一寸逢った切だったろう。それからErbとかいう教授の処へ往くというので、あの男はすぐにHeidelbergへ往ってしまった。こっちへ帰ってからも、宴会で逢って物を言う位なものだ。併しあの位名声を博していて、開業医風に堕落してしまわずに、始終学者の態度を維持しているようだから、僕は兎に角えらい男だと思っている。折々向うの雑誌へ報告なんぞをしているそうだ。それも普通のCasuistikや何ぞでは無い。随分外の領分にも切り込んでいる。此間《こないだ》も僕の方の専門の本を見ていると、Zurechnungsfähigkeitの論の中に、あの男の説が引いてあったっけ。なかなか細かい処を論じているらしい。頭《あたま》の好《い》い男だ。」

「そうだ。其点は我々の仲間でも五本の指を外《はず》れないのだ。併し性格を君はどう思う。」

「熟《よ》くは知らない。交際は万事如才なくて、少し丁寧過ぎるような処がある。色の白い小男で、動作が敏捷なせいでもあるだろうが、何処か滑か過ぎるような感じがする。極端に言えば、鰻のように滑で抑えどころのないという趣がある。度々《たびたび》逢っても打解けるというような事はないようだ。」

杉村博士の目にはアイロニイの影が閃く。

「僕のようにごつごつしているよりは、医者として適しているかも知れない。君にも余り sympathisch ではないらしいなあ。」

「sympathisch でもないが antipathisch でもない。兎に角、学者として尊敬している。」

「それは僕も異議なしだ。併し。」客は少し言い淀んだ。「併し、僕は同業者の批評をするのは好まないが、君と僕との間だから云って置きたいのだ。磯貝へは細君丈は遣り給うな。」

「ふむ。」

主人は驚いて客の顔を見ている。客も暫く黙《だま》って烟草を飲んでいる。次の間で何かとこと音がするようであったが、すぐに止《や》んでしまった。客。

「君はまだ用があったのではないか。つい長居をして、人の蔭言まで言ってしまった。」

「もう荷物が出来たから、車が来るまで用はない。君は猥《みだり》に人の事を言う人ではないから、僕もこれからは注意する事にしよう。」

「なに。奥さんはしっかりしているし、おっかさんと一しょで、自分が患者でないのだから、大丈夫だが。」

「併し世の中を渡って行くには、防がれる事は防がなくてはならないからなあ。」

「うむ。それだから余計な事かも知れないが言ったのだ。」

杉村博士はシガアの灰を落して、兜児《かくし》からパイプを出して、短くなったシガアを嵌めて、半ば身を起した。

「すぐに帰るのだろう。」

「うむ。一週間は掛かるまいと思う。」

「そうか。それじゃあいずれ其内。」

客は起って廊下へ出る。主人は玄関まで送って出て、車を雇わせようと云ったが、客は天気が好いから、少し歩くと云って、ステッキを振って門を出てしまった。

主人は格子戸の中の叩《たたき》の上に、今帰った客の靴を直す為めに、据えてある根府川《ねぶ》石の上から、脇へいざらせたらしい千代田草履のあるのに目を着けて、背後《うしろ》に膝を衝いている女中をかえり見て問うた。

「奥さんは帰ったか。」

「はい。今さっきお帰遊ばして、お部屋に入らっしゃいます。」

大川博士は一寸眉に皺を寄せた。細君のしぐさが何だかいつもと違うように感じたのである。そしてゆっくり居間の方に足を旋《かえ》しながら、こう思った。それではさっき襖の向うでことこと云わせたのは妻《さい》であったなと思った。そう思うと同時に、そんなら何故《なぜ》心安い杉村の声がするのに、顔を出さずにいたか知らんと疑った。

細君の部屋は博士の居間の次になっていて、すぐに廊下からも行かれるのであるが、博士は何か考えながら、一応自分の居間に返って、細君の部屋との間の襖を開《あ》けた。

「帰っていたのか。」

「はい。」

涙声である。細君の部屋には、為切《しきり》の唐紙四枚の内二枚が塞がるように、箪笥が据えてあって、その箪笥の方《ほう》に寄せて青貝の机が置いてある。見れば細君は着物も着更えないで、机の前にすわって、顔を机の上に伏せている。いつも外《そと》から帰って部屋にはいれば、すぐに不断着に着更えるのであるのに、今日《きょう》は余所行の儘である。うつぶした束髪のほつれに半ば埋《うず》まっている手を見れば、いつも嵌めて出る指環は無い。さっきことこと云わせたのは、紙入と指環丈簞笥の上の用簞笥にしまったのであろう。

博士の頭には先ず杉村の言った事が浮ぶ。それから細君が妊娠して七月《ななつき》になっているということを思い出す。さっき不意に杉村の忠告を受けたとき、種々の想像が頭のうちに画かれた。中にも二三日前に読んだ独逸新聞に出ている Baden の医者の事が思い出された。年来 Karlsruhe の町に開業していて、多少の尊敬をも受けている男である。妻があって子供も四人ある。その男が女の患者に猥褻な事をして拘《こう》引《いん》せられたという話であった。拘引せられた跡では、此医者にこんな癖のあるのは、余程前からの事だということが知れた。これが為めに堕落した女もある。恨を呑んで恥辱を包み隠している女もあるということだ。拘引せられるまでは、人が蔭言に言うのみであったから、広く知られずにいたが、いよいよ拘引せられたと聞いて、それ迄蔭言を言っていたものが公然人に話すようになった。そこで此男の癖が久しい前からであるということが分ったというのであった。博士は此事を思い出して、刹那の間に非常な不快を感じたが、強いてこんな想像を打消そうと努《つと》めた。何もすぐに極端な不幸を考えるには及ばない。妊娠して七月にもなっている女だから、挙動が常に異なっている事もあろう。殊に患者の輻湊《ふくそう》している処何ぞへ往ったのだから、変った物を見て神経を刺戟《しげき》せられたかも知れない。一体今日《きょう》小石川の母と一しょに遣るのはどうかとも思ったのであるが、妊娠の経過が好くて、日常の生活に何一つ変った事がないのだから、此位な事が障りもすまいと思って、小石川から馬車を自分の西片町の宅に寄せて貰って、妻を案内者として附けて遣ることにしたのである。妻はこれ迄園遊会や何ぞで磯貝に引き合わせて置いたのであるから、妻の附いて行った方《ほう》が、好都合であろうと思って、そうしたのである。若し愛している妻の神経を痛めるような事が生ずると知ったら、固《もと》より附けて遣るのではなかったのである。博士の頭のうちには、こんな考が非常な速度を以て往来した。

「どうしたのだ。気分でも悪《わる》いのか。」

博士の声は頗る優しい。

「いいえ。そちらへ参って申しますからどうぞ。」

細君は顔を挙げて居《い》ずまいを直した。博士に居間へ帰ることを勧めるのである。細君は珍らしい美人である。結婚した当時、博士は笑談に、お前は硝子出《がらすで》だから、扱うに気骨が折れると云った事があるそうだ。大抵日本の女で別品というのは、青みがかった皮膚の皮下組織が、稍《やや》厚くて硬《かた》そうに見える。大川の奥さんは皮下組織も薄くて軟かで、其底を循《めぐ》っている血が透いて見えるようである。こういう皮膚の女は多くは目鼻立が悪《わる》い。此細君丈は破格である。髪は日本で昔から好い髪という鴉羽色《からすばいろ》で筋の太いのではない。少し褐色がかって細く軟いのがたっぷりある。中肉中背で、proportionが好く出来ているから、七月の腹の醜いのも余り目立たない。小石川のお母様《かあ》は、黒人《くろうと》ではないが、身分の低いものの娘であったのを、博士の外舅《しゅうと》が器量望で、支度金を遣って娶ったのだそうだ。此の細君の容色はお母様《かあ》の系統を引いているのである。居《い》ずまいを直すとき、派手な鶉《うずら》お召《めし》の二枚襲の下から、長襦袢の紋縮緬の、薄い鴇色《ときいろ》のちらついたのが、いつになく博士の目を刺戟した。鈴を張ったような、物言う目は不安と真面目《まじめ》とを現《あらわ》している。

博士は居間に帰って、机の前にすわった。そして細君が火鉢を隔ててすわろうとするのを見て、「そこに座布団がある」と云った。細君は杉村博士の敷いていた座布団を引き寄せて敷いた。細君はこう云った。

「あの、やっぱり七時三十分の汽車でお立になりますのでしょうか。」

「うむ。その積だ。何故《なぜ》。」

「いいえ。少し伺いたい事があるのでございますが、お忙《せわ》しい処へ申していかがかと存じまして。」

「なに。そんな事があるものか。六時三十分に出れば好《い》いのだから、まだ二時間もある。もう洋服に着更えるより外に用はないのだ。」

「実は先程杉村さんがお話をして入らっしゃる処へ帰りまして、ふと伺いました事が気に掛かりますのでございます。それに今日《こんにち》は磯貝さんの御様子がまことに変《へん》でございましたので。」

「ふむ。磯貝の様子がへんだったというのは、どんなであったのだ。」

「こんな事を申して御機嫌を損じまするかも知れませんが、何でも夫婦の間では隠し立《だて》を致してはならないと、いつも仰ゃるのでございますから申すのでございます。今日《こんにち》母と一しょに築地の磯貝さんの処へまいりまして、わたくしが先《さき》へお目に掛かって、母の容態をお話致しまして、診察をしてお貰申したのでございます。診察が済みますと、母が申しまするには、どうも何を伺ってもはっきりした事を仰ゃらないから、お前伺ってくれろ、わたしは先《さき》へ帰るからと申すのでございます。母は大相病気を重く思っているのでございますから、何か病人には隠すような事がございましても、わたくしになら話されるだろうと存じて、左様申したのでございます。

わたくしは何の気なしに承知いたしまして、母を帰してしまいましたのでございます。磯貝さんは母を診察所へ連れて行って、診察をなさいまして、わたくしの待っていました応接所へ出て来て入らっしゃったのでございますから、わたくしはついそこで承って帰る積りでございました。わたくしは磯貝さんに母の病気の様子をお聞せ下さるようにと申したのでございます。そう致すと磯貝さんが、お話をしますからこちらへお出なさいと仰ゃって、診察所でない方の戸をお開《あけ》になったのでございます。そこへはいって見ますと、磯貝さんが為事《しごと》をなさる室《しつ》と見えまして、大きいデスクや本箱なぞがあるのでございます。わたくしにはソファに腰を掛けろと仰ゃいまして、御自分にはわたくしの前へ椅子を持って入らっしゃいました。わたくしは、いかがでございましょうと申しました。磯貝さんは、なに、格別な病気ではありませんが、一寸直りにくいのです、薬は薬でお用《もちい》になるが宜しいが、マッサアジュをなさらねばいけないから、お母様《かあ》にも申して置きました。マッサアジュと申すとおっくうなようですが、ついこういう風にと仰ゃって、いきなりわたくしの手を攫《つか》まえて、肩の処から下へすうとおさすりなさるのでございます。わたくしは嫌《いや》な心持が致しましたが、あんな立派な先生のなさる事ではございまするし、娘子供か何かのように、慌てて手を引くのもいかがと存じますので、どう致そうかと存じていましたのでございます。そう致すと、肩から下へ何遍も何遍もおさすりなさるのでございます。」

「ふむ。それからどうした。」

博士の目は次第にかがやいて来た。

「それにあの方《かた》はわたくしの手をさすりながら、わたくしの顔をじいっと見て入らっしゃいます。あの方《かた》の目を別段変《かわ》った目だとは、これ迄思ったことはございませんでしたが、今日《こんにち》に限って何だか非道《ひど》く光って恐ろしい目のように存ぜられましたのでございます。それでその目を見ないように致そうと存じましても、どうしても見ずにはいられないような心持が致すのでございます。」

「ふむ。それからどうした。」

「そう致していますうちに、少しの間《あいだ》気が遠くなるような心持が致しましたが、其時の事は跡から考えて見ましても、どうもはっきり致していないのでございます。」

「そうか。その跡はどうだった。」

「それからはっと思って気が附いて見ますと、磯貝さんはいつの間《ま》にかデスクに肱《ひじ》を持たせて、何か書いて入らっしゃるのでございます。わたくしは少し頭痛が致しましたが、その時は只どうにか致して早く帰りたいと思う外に、何も考えることが出来ませんので、どうも少し気分が悪くなりまして、甚だ失礼を致しましたと申して、起って帰ろうと致したのでございます。そう致すと、磯貝さんはペンをお置になって、そうでしょう、あなたは妊娠してお出なさるから、そんな事がおありなさるのです、お母様《かあ》の事は決して御心配なさるには及びませんと云って、送ってお出《で》なすったのでございます。」

博士は話をここまで聞くと、かがやいた目の光が消えて、何か深く考えるらしく、腕組をしてじっと黙っているのである。細君は熱心に詞を続けた。

「一体どう致したのでございましょう。」

博士は重々しい調子で、徐《しず》かにこう云った。

「うむ。それはお前が心配したのも無理はない。お前は危険な目に逢ったのだ。お前は常の体《からだ》ではないから、こんな事を言って聞せてはどうかとも思うが、おれが曖昧な事を言っては、却てお前の心配を増すようなものだから、言って聞せる。磯貝は実にへんな事をしたのだ。お前に魔睡術を施そうとしたのだ。」

「あの魔睡術を。」

こう云った細君の目には、見る見るまた涙が涌いて来る。細君は袂からハンカチイフを出して、目を拭きながら、詞を続けた。詞は苦しそうにきれぎれに出る。

「あの、それではもしや、(間《ま》、)体《からだ》をどうか致されたのではございますまいか。」

「なに。格別な事はあるまい。お前も何《なに》も心附いた事はあるまいな。変った事はあるまいな。」

「いいえ。何も心附きませんのでございます。」

「そうか。いや。そんなら何事もあるまい。併《しか》しこれからはもう決してあの男の内へ往ってはならない。内へ往っていけないばかりではない。なる丈あの男に逢って話をしたり何かしないようにしなくては行けない。」

「それはもう仰ゃるまでもございません。わたくしはもう其席を遁《のが》れて出まするのが、毒蛇の口を遁れるような心持が致しましたのでございます。もうどんな事があっても、あの方にお目に掛かろうとは存じません。」

「それが好《い》い。(間《ま》。)それからも一つお前に注意して置かなければならない事がある。お母《かあ》様をはじめ、どんな心安い人にでも、今日《きょう》の事を話すのではありませんよ。」

「はい。」

「こういう事が世間へ漏れると、どんな間違った解釈をせられても、為様《しよう》がありませんよ。こんな事はいつでも当人から漏れる。磯貝は自分のインテレストがあるから、口外する筈がない。恐らくは大勢の女の患者に同じような事をするのだろう。」

博士の顔には苦し気《げ》な微笑が閃く。そしてこう云った。

「お前とおれさえ黙っていれば好《い》いのだ。又お前とおれとの間でも此事丈はこれっきり言うまい。有った事は無いようには出来ない。お互に詰まらない事を言い合って、次第に感情を害して、それが何になるものか。お前も定めて気になるだろうが、なる丈自分で心を抑え附けるようにして、此事はもう考えないが好《い》い。(間《ま》。)さあ。早く行って着更をお為《し》。」

「はい。」

細君は再び溢れる涙をハンカチイフで拭いて、しおしおとして坐を起って、自分の部屋へはいった。

博士はつと立って、南側の障子を開《あ》けて庭を見ている。木瓜《ぼけ》と杜鵑花《さつきつつじ》との花が真赤に咲いて、どこか底に温《ぬる》みを持った風が額に当る。細君の部屋では又ことこと音がする。着更をするのであろう。

博士は今年《ことし》四十を二つ越した男で、身体は壮健であるが、自制力の強い性《たち》で、性欲は頗る恬澹《てんたん》である。それに今日《きょう》に限って、いま妻が鴇色《ときいろ》の長襦袢を脱いで、余所行の白縮緬の腰巻を取るなと想像する。そして細君の白い肌を想像する。此想像が非道く不愉快であるので、一寸顔を蹙《しか》める。想像は忽ち翻って、医学博士磯貝嚠《きよし》君の目が心に浮ぶ。若いような年寄ったような、蒼白い皺のある顔から、細い鋭い目が、何か物を覗《ねら》うような表情を以て、爛々としてかがやく。此想像は博士の胸に針で刺すような痛を覚えさせるので、博士は声を出して、「ええ、糞《くそ》を」とでも云いたいようであるのを、じっと熬《こら》える。そして障子を締めて、居間の隅に出してある洋服を着はじめた。

電話のベルが鳴る。書生が電話口へ出て行くようである。果して書生の声がする。「はい。(間《ま》。)はい。さようです。一寸お待下さい。奥さんに伺いますから。」書生が細君の部屋に来て何か云う。細君が銘撰の不断着に着更えて、博士の居間にはいって来る。細君。

「あの、小石川の母が今晩わたくしに参って、病気の事を話してくれるようにと申すのでございますが、いかが致しましょう。」

洋服に着更えて、時計や巻烟草いれを乱箱から取って、ポッケットに入れていた博士は、細君の方《ほう》を顧みて、こう云った。

「そうさなあ。行って悪いことはないが、なるべくはお母様《かあ》にあしたこちらへ来てお貰申したいと云って断ってはどうだ。」

「わたくしもさよう申して遣しましょうかと存じておりました。お留守の間《あいだ》は外《そと》へは出ませんん積でございます。」

「それも好かろう。」

細君は電話口へ自分で断りに出た。

博士は細君にお給仕をさせて茶漬を掻き込んでいると、言い附けてあった車が来た。博士は細君に、体を大事にしろと言い置いて、車に乗った。書生が新橋まで革包を持って行こうと云ったのを、車を誂《あつら》える時にことわってしまったのである。

博士は革包を股《また》の間に挟んで車に乗った。こんな風をすると、西洋から帰った当座は、何だか紳士らしくないような心持がして不愉快でならなかったが、此頃はもう何とも思わないようになった。人間は milieu の威力には抗し難いものと見える。

博士は七時三十分発の車に乗った。一等室はかなり込み合っているが、革包を側《そば》に置く丈の余裕はある。隣の席は若い西洋婦人である。鼠霜降の散歩服を着て、鼠色の駝鳥の羽で装飾した帽を被っている。遠方へ行くのではないらしい。近く見れば、桃の実《み》のように細《こまか》い毛の生えている顔ではあるが、明色《めいしょく》な髪と Centaurea の花のような目とを除《の》けて考えると、どこか細君に似ているような感じがする。矢張硝子出の美人である。

向いには、皮膚のあらゆる毛孔《けあな》から脂肪を噴《ふ》き出しているような、あから顔の大男が乗っている。堅横の縞のある茶色の背広服の鈕《ボタン》が、なんだかちぎれそうなような気がして、心配である。食堂車の附いている車であるのに、持って乗ったビイルの栓を抜いて、革包からコップを出して飲んで、折詰のサンドイッチをむしゃむしゃ食っている。

博士は烟草が飲みたいのであるが、隣に遠慮して飲まずにいる。その癖方々に、敷島か何かを飲んでいるものは幾人もある。博士は革包を開《あ》けて、上の方にある本を出して見ると、Hardt の Tantris der Narr であった。

読む気もなく初の方《ほう》を開《あ》けて見る。一ペエジ程特別に活字が大きくしてあるのを読んで見ると、女主人公 Isolde が腰元に明色な髪を解かせながら歌う歌であった。博士は巻を掩《おお》って、隣の女の髪を見た。薄暗い電気灯で横文を読んだので、目が少しむず痒くなった。向うを見れば、サンドイッチの男は口を開《あ》いて鼾をかいている。窓の外は鼠色である。忽ち火の光が二つ三つ窓硝子の外を流れる。車が大森駅を過ぎるのであろう。

博士は手に本を持ちながら、頭を背後《うしろ》の窓枠に寄せ掛けて目を瞑《ねむ》った。今日《きょう》の午後の面白くない出来事が頭《あたま》に浮ぶ。博士は色々な書物を読んだ中《なか》に、不幸にして魔睡術の事を少し詳《くわ》しく読んでいたのである。それには因縁がある。博士が子供の時、東京でこっくりさんというものが流行《はや》った。それから洋行していると、欧羅巴《ヨーロッパ》で机叩《つくえたたき》ということが流行《はや》った。こっくりさんの不思議が先《せん》から気になっていたので、それに似寄った机叩の解釈を求めようと思って、Spiritismus の本を覗いて見た。それから魔睡術の本を見ることになったのである。今日《きょう》細君の話に、磯貝が細君の手を握って、肩から撫で卸したと聞くと、博士の記憶は忽ち Mesmer の名を呼び起した。それから細君が磯貝の目を見まいと思っても、どうしても見ずには居られなかったというのを聞くと、今度は Braid という名が記憶の奥から浮いて来たのであった。魔睡術は確に細君の身に功を奏したに違ない。功を奏したとすれば、細君の魔睡に陥いった間《あいだ》に磯貝は何をしたか。細君には、格別な事はなかったのだろうと云った。併し此の断定には何の根拠も無い。磯貝は魔睡の間《あいだ》に奈何《いか》なる事をもサジェストすることを得たのである。そして細君は、自分が魔睡の間にサジエストせられて為《し》た事を、魔睡が醒めてからは覚えている筈が無いのである。此の魔睡の間《あいだ》の出来事は奈何なる程度まで及んだのであろうか。磯貝は為し得る限の事を為したかも知れない。少くもそれがポッシブルである。博士は細君の話を聞いた時に、推理上ここまで考えざることを得なかったのである。ここ迄考えて非常な不快を覚えながら、その不快を細君に知らせまいと努《つと》めたのである。博士は再びここ迄考えて、又今更のように前の不快を感じた。博士は貞潔ということに就いて、嘗《かつ》て考えて見た事がある。貞潔なんぞというものは、心の上には認むべき価もあろうが、体の上には詰まらないものだと思った。博士がまだ独身でいた時に、佐野屋という質屋の娘を世話をしようと云う人があった。暫くすると外の人が、其娘は店の奉公人と通じているという話をした。博士は其時笑って、そんなら其久松を連れて娵《よめ》に来れば好《い》いと云った事もある。併し事実問題になると、博士は躊躇することを免れない。博士は自ら解《かい》して、こう云っている。なに。おれは古臭い前極《まえぎめ》の心から汚れた女を排斥するのではない。併し情の上から言えば、器だって人の使ったものは嫌《いや》だ。智の上から言えば、悪い病気を土産《みやげ》に持って来て貰うにも及ぶまいなどと云う。実は博士は矢張因襲に囚われているのかも知れない。兎に角博士は、細君の魔睡に陥いった間《あいだ》のポッシビリチィを考えて、何とも言えぬ不快を覚えたのである。さてここに妙な事がある。それはいつも博士が人に迫害を蒙った時の反応の為方《しかた》なのである。博士はかくまで不快を感じながら、磯貝を憎むという念は殆ど起らなかったのである。博士の心ではこういう時に、いつも卑《いやし》む念が強く起って、憎む念に打勝つのである。卑んで見れば、憎む価値がなくなるのである。博士は往々此性質の為めに人に侮られる。それは憎むことの出来ないのは男らしくないのだと解釈せられるからである。それとも博士には矢張男らしい性が闕《か》けているのかも知れない。それから博士は、細君にこの後磯貝に逢わないようにしろと云った時の事を思い出した。博士は一度魔睡に陥いったものが又魔睡に陥いり易いと云うことを読んだのを記憶している。しかも前に魔睡に陥いらせた術者は、二度目には骨を折らずに成功するということを読んだのを記憶している。その上に、博士の記憶にはこういう事もあった。前の魔睡の間《あいだ》にサジェストして置いた事は、後の魔睡の間《あいだ》に再び意識に上るということがそれである。そこで博士は、この後《のち》細君を磯貝に逢わせてはならないと思ったのである。それから博士は細君の話を聞いた時に、この意外な出来事と細君の妊娠との関係に就いて、咄嗟の間《あいだ》に思った事のあるのを思い出した。それはこうである。Strindberg は父というものは証明の出来ないものだと云っている。併し妻が産んだのではあるが、誰の子だか知れないと思って育てているということは、とても現《うつつ》の意識の堪え得べき限でない。又誰の子ということが知れるとしても、自分の子でないということが分って育てているということも、これも堪えられない。女というものは決して男一人を守っているものではないなどという断定も、Boccaccio で読んだり、種々の諷刺家の書いたもので見たりしては面白いが、奈何に敵を憎むことの出来ない博士でも、それを平気で自分の家に当て嵌めて考えることは出来ない。兎に角博士は、西洋人の所謂余りに人の好い亭主を刻む木とは、別な木で刻まれているのである。博士は或る有夫奸《ゆうふかん》事件の裁判の記録を読んだとき、賤《いや》しい男が、「底がはいっているから好《い》いと思いました」と申し立てるところになって、覚えず独《ひと》りで吹き出したが、忽ち顔を蹙《しか》めて記録を手から釈《お》いた事がある。博士は不快を抑えて、細君を恕《じょ》せようと思うと同時に、この「底がはいっている」という詞を思い出して、妙な心持がした。博士は、野蛮人が腹にある毒を吐かねばならないので、糞《ふん》を飲むときの心持はこんなであろうと思ったのである。博士は又声を出して「ええ、糞《くそ》を」と云いたいようであるのを、じっと熬《こら》えた。

車が留《と》まった。平沼駅である。男女の西洋人が三四人降りた。隣にいた明色《めいしょく》の髪のIsoldeはその仲間であった。博士は埃及烟草を飲みながら、手に持っていた本を革包にしまった。薄暗いあかりでは読むまいと決心したのである。そして隣の席を占領して、外套を被たまま長くなった。

今まで話をしていた乗客も、段々話をし止める。博士は暫く長くなっている中《うち》に、午後から常にない感動を受けた頭に疲労に感じたので、飲みさしの煙草を棄てて目を瞑《ねむ》った。

博士は明日《あす》車の中《なか》で Tantris der Narr を読むであろう。Tristan と Isolde とのような恋中でも、男は恋人の人妻たるを忍ばねばならない。人妻たるは猶忍ぶべしである。何故《なぜ》Denovalin のような、意地の悪い恋の敵が出て来て、二人を陥《おと》しいれねばならぬか。二人を焚き殺す筈の薪の火は神の息《いき》に消える。二人は Morois の沢辺に出《で》て、狩場を遁れた獣のように、疲れて眠る。二人の体は臂《ひじ》の長さを隔てて地上に横わっている。其真中には Morholm の劔《つるぎ》が置いてあるのである。博士は、よしや貞潔を嘲ったことがあるにしても、これに感動せずにはいられまい。兎に角此一冊の脚本は、博士に多少の慰藉を与えることであろう。

# 戦争と一人の女

坂口安吾

## 坂口安吾《さかぐちあんご》（一九〇六〜一九五五）

新潟県生まれ。東洋大学印度倫理学科卒。一九三一年、同人誌「言葉」に発表した「風博士」が牧野信一に絶賛され注目を集める。太平洋戦争中は執筆量が減り、同人誌「現代文学」の仲間とミステリーの犯人当てゲームをしていた。一九四六年に戦後の世相をシニカルに分析した評論「堕落論」と創作「白痴」を発表、〝無頼派作家〟として時代の寵児となる。純文学だけでなく『不連続殺人事件』や『明治開化安吾捕物帖』などのミステリーも執筆。信長を近代合理主義者とする嚆矢となった『信長』、伝奇小説「桜の森の満開の下」「夜長姫と耳男」など時代・歴史小説の名作も少なくない。

カマキリ親爺は私のことを奥さんと呼んだり姐さんと呼んだりした。デブ親爺は奥さんと呼んだ。だからデブが好きであった。カマキリが姐さんと私をよぶとき私は気がつかないふうに平気な顔をしていたが、今にひどい目にあわしてやると覚悟をきめていたのである。

カマキリもデブも六十ぐらいであった。カマキリは町工場の親爺でデブは井戸屋であった。私達はサイレンの合間合間に集ってバクチをしていた。野村とデブが大概勝って、私とカマキリが大概負けた。カマキリは負けて亢奮してくると、私を姐さんとよんで、厭らしい目付をした。時々よだれが垂れそうな露骨な顔付をした。カマキリは極度に吝嗇《りんしょく》であった。負けた金を払うとき札をとりだして一枚一枚皺をのばして手放しかねているのであった。唾をつけて汚いじゃないの、はやくお出しなさい、と言うと泣きそうなクシャクシャな顔をする。

私は時々自転車に乗ってデブとカマキリを誘いに行った。私達は日本が負けると信じていたが、カマキリは特別ひどかった。日本の負けを喜んでいる様子であった。男の八割と女の二割、日本人の半分が死に、残った男の二割、赤ん坊とヨボヨボの親爺の中に自分を数えていた。そして何百人だか何千人だかの妾の中に私のことを考えて可愛がってやろうぐらいの魂胆なのである。

こういう老人共の空襲下の恐怖ぶりはひどかった。生命の露骨な執着に溢れている。そのくせ他人の破壊に対する好奇心は若者よりも旺盛で、千葉でも八王子でも平塚でもやられたときに見物に行き、被害が少いとガッカリして帰ってきた。彼等は女の半焼の死体などは人が見ていても手をふれかねないほど屈みこんで叮嚀《ていねい》に見ていた。

カマキリは空襲のたびに被害地の見物に誘いに来たが、私は二度目からはもう行かなかった。彼等は甘い食物が食べられないこと、楽しい遊びがないこと、生活の窮屈のために戦争を憎んでいたが、可愛がるのは自分だけで、同胞も他人もなく、自分のほかはみんなやられてしまえと考えていた。空襲の激化につれて一皮一皮本性がむかれてきて、しまいには羞恥もなくハッキリそれを言いきるようになり、彼等の目付は変にギラギラして悪魔的になってきた。人の不幸を嗅ぎまわり、探しまわり、乞い願っていた。

私はある日、暑かったので、短いスカートにノーストッキングで自転車にのってカマキリを誘いに行った。カマキリは家を焼かれて壕に住んでいた。このあたりも町中が焼け野になってからは、モンペなどはかなくとも誰も怒らなくなったのである。カマキリは息のつまる顔をして私の素足を見ていた。彼は壕から何かふところへ入れて出て来て、私の家へ一緒に向う途中、あんたにだけ見せてあげるよ、と言って焼跡の草むらへ腰を下して、とりだしたのは猥画であった。帙《ちつ》にはいった画帖風の美しい装釘《そうてい》だった。

「私に下さるんでしょうね」

「とんでもねえ」

とカマキリは慌てて言った。そして顔をそむけて何かモジモジしている隙に、私は本を摑んで自転車にとびのった。よぼよぼしているカマキリは私がゆっくり自転車にまたがるのを口をあけてポカンと見ていて立ちあがるのが精一杯であった。

「おといおいで」

「この野郎」

カマキリは白い歯をむいた。

カマキリは私を憎んでいた。私はだいたい男というものは四十ぐらいから女に接する態度がまるで違ってしまうことを知っている。その年頃になると、男はもう女に対して精神的な憧れだの夢だの慰めなど持てなくなって、精神的なものはつまり家庭のヌカミソだけでたくさんだと考えるようになっている。そしてヌカミソだのオシメなどの臭いの外に精神的などというものは存在しないと否応なしに思いつくようになるのである。そして女の肉体に迷いだす。男が本当に女に迷いだすのはこの年頃からで、精神などは考えずに始めから肉体に迷うから、さめることがないのである。この年頃の男達になると、女の気質も知りぬいており、手練手管も見ぬいており、なべて「女的」なものにむしろ憎しみをもつのだが、彼等の執着はもはや肉慾のみであるから、憎しみによって執着は変らず、むしろかきたてられる場合の方が多いのだ。

彼等は恋などという甘い考えは持っていない。打算と、そして肉体の取引を考えているのだが、女の肉体の魅力は十年や十五年はつきない泉であるのに男の金は泉ではないから、いくらも時間のたたないうちに一人のおいぼれ乞食をつくりだすのはわけはない。

私はカマキリを乞食にしてやりたいと時々思った。殆ど毎日思っていた。牡犬《おすいぬ》のように私のまわりを這いまわらせたあげく毛もぬき目の玉もくりぬいて突き放してやろうかと思った。けれども実際やってみるほどの興味がなかった。カマキリはよぼよぼであんまり汚い親爺なのだ。そして死にかけているだから、いっそ、ひと思いに、そう思うこともあるけれども、いざやって見る気持にもならなかった。

それはたぶん私は野村を愛しており、そして野村がそういうことを好まないせいだろうと私は思った。然し野村は私が彼を愛しているということを信用しておらず、戦争のせいで人間がいくらか神妙になっているのだろうぐらいに考えている様子であった。

私はむかし女郎であった。格子にぶらさがって、ちょっと、ちょっと、ねえ、お兄さん、と、よんでいた女である。私はある男に落籍されて妾になり酒場のマダムになったが、私は淫蕩で、殆どあらゆる常連と関係した。野村もその中の一人であった。この戦争で酒場がつづけられなくなり、徴用だの何だのとうるさくなって名目的に結婚する必要があったので、独り者で、のんきで、物にこだわらない野村と同棲することにした。どうせ戦争に負けて日本中が滅茶滅茶になるのだから、万事がそれまでの話さ、と野村は苦笑しながら私を迎えた。結婚などという人並の考えは彼にも私にもなかった。

私は然し野村が昔から好きであったし、そしてだんだん好きになった。野村さえその気なら生涯野村の女房でいたいと思うようになっていた。私は淫奔だから、浮気をせずにいられない女であった。私みたいな女は肉体の貞操などは考えていない。私の身体は私のオモチャで、私は私のオモチャで生涯遊ばずにいられない女であった。

野村は私が一人の男に満足できない女で、男から男へ転々する女だと思っているのだけれども、遊ぶことと愛することとは違うのだ。私は遊ばずにいられなくなる。身体が乾き、自然によじれたり、私はほんとにいけない女だと思っているが、遊びたいのは私だけなのだろうか。私は然し野村を愛しており、遊ぶこととは違っていた。けれども野村はいずれ私と別れてあたりまえの女房を貰うつもりでおり、第一、私と別れぬさきに、戦争に叩きつぶされるか、運よく生き残っても奴隷にされてどこかへ連れて行かれるのだろうと考えていた。私もたぶんそうだろうと考えていたので、せめて戦争のあいだ、野村の良い女房でいてやりたいと思っていた。

私達の住む地区が爆撃をうけたのは四月十五日の夜だった。

私はB29の夜間の編隊空襲が好きだった。昼の空襲は高度が高くて良く見えないし、光も色もないので厭だった。羽田飛行場がやられたとき、黒い五六機の小型機が一機ずつゆらりと翼をひるがえして真逆様に直線をひいて降りてきた。戦争はほんとに美しい。私達はその美しさを予期することができず、戦慄の中で垣間見ることしかできないので、気付いたときには過ぎている。思わせぶりもなく、みれんげもなく、そして、戦争は豪奢であった。私は家や街や生活が失われて行くことも憎みはしなかった。失われることを憎まねばならないほどの愛着が何物に対してもなかったのだから。けれども私が息をつめて急降下爆撃を見つめていたら、突然耳もとでグアッと風圧が渦巻き起り、そのときはもう飛行機が頭上を掠めて通りすぎた時であり、同時に突き刺すような機銃の音が四方を走ったあとであった。私は伏せる才覚もなかった。気がついたら、十米《メートル》と離れぬ路上に人が倒れており、その家の壁に五糎《センチ》ほどの孔が三十ぐらいあいていた。そのとき以来、私は昼の空襲がきらいになった。十人並の美貌も持たないくせに、思いあがったことをする、中学生のがさつな不良にいたずらされたように、空虚な不快を感じた。終戦の数日前にも昼の小型機の空襲で砂をかぶったことがあった。野村と二人で防空壕の修理をしていたら、五百米ぐらいの低さで黒い小型機が飛んできた。ドラム罐《かん》のようなものがフワリと離れたので私があらッと叫ぶと野村が駄目だ伏せろと言った。防空壕の前にいながら駈けこむ余裕がなかったが、私は野村の顔を見てゆっくり伏せる落付があった。お臍の下と顎の下で大地がゆらゆらゆれてグアッという風の音にひっくりかえされるような気がした、砂をかぶったのはそれからだ。野村はこういう時に私を大事にしてくれる男であった。野村が生きていれば抱き起しにきてくれると思ったので死んだふりをしていたら、案の定、抱き起して、接吻して、くすぐりはじめたので、私達は抱き合って笑いながら転げまわった。この時の爆弾はあんまり深く土の中へめりこんだので、私達の隣家の隣家をたった一軒吹きとばしただけ、近所の家は屋根も硝子も傷まなかった。

夜の空襲はすばらしい。私は戦争が私から色々の楽しいことを奪ったので戦争を憎んでいたが、夜の空襲が始まってから戦争を憎まなくなっていた。戦争の夜の暗さを憎んでいたのに、夜の空襲が始まって後は、その暗さが身にしみてなつかしく自分の身体と一つのような深い調和を感じていた。

私は然し夜間爆撃の何が一番すばらしかったかと訊かれると、正直のところは、被害の大きかったのが何より私の気に入っていたというのが本当の気持なのである。照空燈の矢の中にポッカリ浮いた鈍い銀色のB29も美しい。カチカチ光る高射砲、そして高射砲の音の中を泳いでくるB29の爆音。花火のように空にひらいて落ちてくる焼夷弾、けれども私には地上の広茫たる劫火《ごうか》だけが全心的な満足を与えてくれるのであった。

そこには郷愁があった。父や母に捨てられて女衒《ぜげん》につれられて出た東北の町、小さな山にとりかこまれ、その山々にまだ雪のあった汚らしいハゲチョロのふるさとの景色が劫火の奥にいつも燃えつづけているような気がした。みんな燃えてくれ、私はいつも心に叫んだ。町も野も木も空も、そして鳥も燃えて空に焼け、水も燃え、海も燃え、私は胸がつまり、泣き迸《ほとば》しろうとして思わず手に顔を掩《おお》うほどになるのであった。

私は憎しみも燃えてくれればよいと思った。私は火をみつめ、人を憎んでいることに気付くと、せつなかった。そして私は野村に愛されていることを無理にたしかめたくなるのであった。野村は私のからだだけを愛していた。私はそれでよかった。私は愛されているのだ。そして私は野村の激しい愛撫の中で、色々の悲しいことを考えていた。野村の愛撫が衰えると、私は叫んだ。もっとよ、もっと、もっとよ。そして私はわけの分らぬ私ひとりを抱きしめて泣きたいような気持であった。

私達の住む街が劫火の海につつまれる日を私は内心待ち構えていた。私はカマキリから工業用の青酸加里を貰って空襲の時は肌身放さず持っていた。私は煙にまかれたとき悶え死ぬさきに死ぬつもりであり、私はことさら死にたいと考えてもいなかったが、煙にまかれて苦しむ不安を漠然といだいていた。

いつもはよその街の火の海の上を通っていた鈍い銀色の飛行機が、その夜は光芒の矢のまんなかに浮き上って私達の頭上を傾いたり、ゆれたり、駈《か》けぬけて行き、私達の四方がだんだん火の海になり、やがて空が赤い煙にかくされて見えなくなり、音々々、爆弾の落下音、爆発音、高射砲、そして四方に火のはぜる音が近づき、ごうごういう唸りが起ってきた。

「僕たちも逃げよう」

と野村が言った。路上を避難の人達がごったがえして、かたまり、走っていた。私はその人達が私と別な人間たちだということを感じつづけていた。私はその知らない別な人たちの無礼な無遠慮な盲目的な流れの中に、今日という今日だけは死んでもはいってやらないのだと不意に思った。私はひとりであった。ただ、野村だけ、私と一しょにいて欲しかった。私は青酸加里を肌身放さずもっていた漠然とした意味が分りかけてきた。私はさっきから何かに耳を傾けていた。けれども私は何を捉えることもできなかった。

「もうすこし、待ちましょうよ。あなた、死ぬの、こわい?」

「死ぬのは厭だね。さっきから、爆弾がガラガラ落ちてくるたびに、心臓がとまりそうだね」

「私もそう。私は、もっと、ひどいのよ。でもよ、私、人と一しょに逃げたくないのよ」

そして、思いがけない決意がわいてきた。それは一途な、なつかしさであった。自分がいとしかった。可愛かった。泣きたかった。人が死に、人々の家が亡びても、私たちだけ生き、そして家も焼いてはいけないのだと思った。最後の最後の時までこの家をまもって、私はそしてそのほかの何ごとも考えられなくなっていた。

「火を消してちょうだい」と私は野村に縋るように叫んだ。

「このおうちを焼かないでちょうだい。このあなたのおうち、私のうちよ。このうちを焼きたくないのよ」

信じ難い驚きの色が野村の顔にあらわれ、感動といとしさで一ぱいになった。私はもう野村にからだをまかせておけばよかった。私の心も、私のからだも、私の全部をうっとりと野村にやればよかった。私は泣きむせんだ。野村は私の唇をさがすために大きな手で私の顎をおさえた。ふり仰ぐ空はまッかな悪魔の色だった。私は昔から天国へ行きたいなどと考えたためしがなかった。けれども、地獄で、こんなにうっとりしようなどと、私は夢にすら考えていなかった。私たち二人のまわりをとっぷりつつんだ火の海は、今までに見たどの火よりも切なさと激しさにいっぱいだった。私はとめどなく涙が流れた。涙のために息がつまり、私はむせび、それがきれぎれの私の嬉しさの叫びあった。

私の肌が火の色にほの白く見える明るさになっていた。野村はその肌を手放しかねて愛撫を重ねるのであったが、思いきって、蓋をするように着物をかぶせて肌を隠した。彼は立上ってバケツを握って走って行った。私もバケツを握った。そしてそれからは夢中であった。私達の家は庭の樹木にかこまれていた。風上に道路があり、隣家が平家であったことも幸せだった。四方が火の海でも、燃えてくる火は一方だけで、一つずつ消せばよかった。そのうえ、火が本当に燃えさかり、熱風のかたまりに湧き狂うのは十五分ぐらいの間であった。そのときは近寄ることもできなかったが、それがすぎるとあとは焚火と同じこと、ただ火の面積が広いというだけにすぎない。隣家が燃え狂うさきに私達は家に水をざあざあかけておいた。隣家が燃え落ちて駈けつけるとお勝手の庇に火がついて燃えかけていたので、三四杯のバケツで消したが、それだけで危険はすぎていた。火が隣家へ移るまでが苦難の時で、殆ど夢中で水を運び水をかけていたのだ。

私は庭の土の上にひっくりかえって息もきれぎれであった。野村が物を言いかけても、返事をする気にならなかった。野村が私をだきよせたとき、私の左手がまだ無意識にバケツを握っていたことに気がついた。私は満足であった。私はこんなに虚しく満ち足りて泣いたことはないような気がする。その虚しさは、私がちょうど生れたばかりの赤ん坊であることを感じているような虚しさだった。私の心は火の広さよりも荒涼として虚しかったが、私のいのちが、いっぱいつまっているような気がした。もっと強くよ、もっと、もっと、もっと強く抱きしめて、私は叫んだ。野村は私のからだを愛した。鼻も、口も、目も、耳も、頰も、喉も。変なふうに可愛がりすぎて、私を笑わせたり、怒らせたり、悩ましたりしたが、私は満足であった。彼が私のからだに夢中になり喜ぶことをたしかめるのは私のよろこびでもあった。私は何も考えていなかった。私にはとりわけ考えねばならぬことは何一つなかった。私はただ子供のときのことを考えた。とりとめもなく思いだした。今と対比しているのではなかった。ただ、思いだすだけだ。そして、そういう考えごとの切なさで、ふと野村に邪険にすることもあった。私は野村に可愛がられながら、野村でない男の顔や男のからだを考えていることもあった。あのカマキリのことすら、考えてみたこともあった。何事でも、考えることは、一般に。退屈であった。そして私は、ともかく野村が私のからだに酔い、愛し溺れることに満足した。

私は昔から天国だの神様だの上品にとりすましたものが嫌いであったが、自分が地獄から来た女だということは、このときまで考えたことはなかった。私たちの住む街は私たちの一町四方ほどの三ツの隣組を残して一里四方の焼野原になったが、もうこの街が燃えることがないと分ると、私は何か落胆を感じた。私は私の周囲の焼け野原が嫌いであった。再び燃えることがないからだった。そしてB29の訪れにも、以前ほどの張合いを持つことができなくなっていた。

けれども、敵の上陸、日本中の風の中を弾の矢が乱れ走り、爆弾がはねくるい、人間どもが蜘蛛の子のように右往左往バタバタ倒れる最後の時が近づいていた。その日は私の生き甲斐であった。私は私の街の空襲の翌日、広い焼跡を眺め廻して呟いていた。なんて呆気ないのだろう。人間のやること、なすこと、どうして何もかも、こう呆気なく終ってしまうのだろう。私は影を見ただけで、何物も抱きしめて見たことがない。私は恋いこがれ、背後にヒビがわれ、骨の中が旱魃《かんばつ》の畑のように乾からびているようだった。私はラジオの警報がB29の大編隊三百機だの五百機だのと言うたびに、なによ、五百機ぽっち。まだ三千機五千機にならないの、口ほどもない、私はじりじりし、空いっぱいが飛行機の雲でかくれてしまう大編隊の来襲を夢想して、たのしんでいた。

＊

カマキリも焼けた。デブも焼けた。

カマキリは同居させてくれと頼みにきたが、私は邪険に突き放した。彼はかねてこの辺では例の少い金のかかった防空壕をつくっていた。家財の大半は入れることができ、直撃されぬ限り焼けないだけの仕掛があった。彼は貧弱な壕しかない私達をひやかして、家具は疎開させたかね、この壕には蓋がないね、焼けても困らない人達は羨しいね、などと言ったが、実際は私達の不用意を冷笑しており、焼けて困ってボンヤリするのを楽しみにしていたのだった。カマキリは悪魔的な敗戦希願者であったから、B29の編隊の数が一万二万にならないことに苛々する一人であった。東京中が焼け野になることを信じており、その焼け野も御叮寧《ていねい》に重砲の弾であばたになると信じていた。その時でも、自分の壕ならともかく直撃されない限り持つと思っており、手をあげて這いだして、ヨボヨボの年寄だから助けてやれ、そこまで考えて私達に得意然と吹聴して、金を握って、壕に金をかけない人間は馬鹿だね、金は紙キレになるよ、紙キレをあったためて、馬鹿げた話さ、そう言っていた。だから私はカマキリに言ってやった。この時の用意のために壕をつくっておいたのでしよう。御自慢の壕へ住みなさい。

「荷物がいっぱいつまっているのでね」

と、カマキリは言った。

「そんなことまで知りませんよ。私達が焼けだされたら、あなたは泊めてくれますか」

「それは泊めてやらないがね」

と、カマキリは苦笑しながら厭味を言って帰って行った。カマキリは全く虫のように露骨であった。焼跡の余燼《よじん》の中へ訪ねてきて、焼け残ったね、と挨拶したとき、あらわに不満を隠しきれず、残念千万な顔をした。そして、焼け残ったね、とは言ったが、よかったね、とも、おめでとう、とも言う分別すらないのであった。いくらか彼の胸がおさまるのは、どうせ最後にどの家も焼けて崩れて吹きとばされるにきまっているということと、焼け残ったために目標になって機銃にやられ、小型機のたった一発で命もろとも吹きとばされるかも知れない、という見込みがあるためであった。俺の壕は手ぜまだからネ、いざというとき、一人ぐらい、そうだね、せいぜい、あんた一人ぐらい泊めてやれるがネ、とカマキリは公然と露骨に言った。

私は正直に打開けて言えば、もし爆弾が私たちを見舞い、野村と家を吹きとばして私一人が生き残っても、困ることはなかった。私はそのときこそカマキリの壕へのりこんで、カマキリの家庭を破滅させ、年老いた女房を悶死させ、やがてカマキリも同じように逆上させ悶死させてやろうと思っていた。それから先の行路にも、私は生きるということの不安を全然感じていなかった。

私は然し野村と二人で戦陣を逃げ、あっちへヨタヨタ、こっちへヨタヨタ、麦畑へもぐりこんだり、河の中を野村にだいて泳いでもらったり、山の奥のどん底の奥へ逃げこんで、人の知らない小屋がけして、これから先の何年かの間、敵のさがす目をさけて秘密に暮すたのしさを考えていた。

戦さのすんだ今こそ昔通りの生活をあたりまえだと思っているけど、戦争中はこんな昔の生活は全然私の頭に浮んでこなかった。日本人はあらかた殺され、隠れた者はひきずりだして殺されると思っていた。私はその敵兵の目をさけて逃げ隠れながら野村と遊ぶたのしさを空想していた。それが何年つづくだろう。何年つづくにしても、最後には里へ降りるときがあり、そして平和の日がきて、昔のような平和な退屈な日々が私達にもひらかれると、やっぱり私達は別れることになるだろうと私は考えていた。結局私の空想は、野村と別れるところで終りをつげた。二人で共しらが、そんなことは考えてみたこともない。私はそれから銘酒屋で働いて親爺をだまして若い燕をつくってもいいし、どんなことでも考えることができた。

私は野村が好きであり、愛していたが、どこが好きだの、なぜ好きだの、私のような女にそれはヤボなことだと思う。私は一しょに暮して、ともかく不快でないということで、これより大きな愛の理由はないのであった。男はほかにたくさんおり、野村より立派な男もたくさんいるのを忘れたためしがない。野村に抱かれ愛撫されながら、私は現に多くはそのことを考えていた。しかし、そんなことにこだわることはヤボというものである。私は今でも、甘い夢が好きだった。

人間は何でも考えることができるというけれども、然し、ずいぶん窮屈な考えしかできないものだと私は思っている。なぜって、戦争中、私は夢にもこんな昔の生活が終戦匆々《そうそう》訪れようとは考えることができなかった。そして私は野村と二人、戦争という宿命に対して二人が一つのかたまりのような、そして必死に何かに立向っているような、なつかしさ激しさいとしさを感じていた。私は遊びの枯渇に苛々し、身のまわりの退屈なあらゆる物、もとより野村もカマキリもみんな憎み、呪い、野村の愛撫も拒絶し、話しかけられても返事してやりたくなくなり、私はそんなとき自転車に乗って焼跡を走るのであった。若い職工や警防団がモンペをはかない私の素足をひやかしたり咎めたりするとムシャクシャして、ひっかけてやろうかと思うのだった。

けれども私の心には野村が可哀そうだと思う気持があった。それは野村がどうせ戦争で殺されるということだった。私は八割か九割か、あるいは十割まで、それを信じていたのだ。そして女の私は生き残り、それからは、どんなことでもできる、と信じていた。

私は一人の男の可愛い女房であった、ということを思い出の一ときれに残したいと願っていた。その男は私を可愛がりながら戦争に殺され、私は敗戦後の日本中あばただらけ、コンクートの破片だの石屑だらけの面白そうな世の中に生き残って、面白いことの仕放題のあげくに、私の可愛い男は戦争で死んだのさ、と呟いてみることを考えていた。それはしんみりと具合がとても良さそうだった。

私は然し野村が気の毒だと思った。本当に可哀そうだと思っていた。その第一の理由、無二の理由、絶対の理由、それは野村自身がはっきりと戦争の最も悲惨な最後の最後の日をみつめ、みじんも甘い考えをもっていなかったからだった。野村は日本の男はたとい戦争で死なななくとも、奴隷以上の抜け道はないと思っていた。日本という国がなくなるのだと思っていた。女だけが生き残り、アイノコを生み、別の国が生れるのだと思っていた。野村の考えはでまかせがなく、慰めてやりようがなかった。野村は私を愛撫した。愛撫にも期限があると信じていた。野村は愛撫しながら、憎んだり逆上したりした。私は日本の運命がその中にあるのだと思った。こうして日本が亡びて行く。私を生んだ日本が。私は日本を憎まなかった。亡びて行く日本の姿を野村の逆上する愛撫の中で見つめ、ああ、日本が今日はこんな風になっている、とりのぼせている、額に汗を流している、愛する女を憎んでいる。私はそう思った。私は野村のなすままに身体をまかせた。

「女どもは生き残って、盛大にやるがいいさ」

野村はクスリと笑いながら、時々私をからかった。私も負けていなかった。

「私はあなたみたいに私のからだを犬ころのように可愛がる人はもう厭よ。まじめな恋をするのよ」

「まじめとは、どういうことだえ?」

「上品ということよ」

「上品か。つまり、精神的ということだね」

野村は目をショボショボさせて、くすぐったそうな顔をした。

「俺はどこか南洋の島へでも働きに連れて行かれて、土人の女を口説いただけでも鞭でもって息の根のとまるほど殴りつけられるだろうな」

「だから、あなたも、土人の娘と精神的な恋をするのよ」

「なるほど。まさか人魚を口説くわけにも行くまいからな」

私たちの会話は、みだらな、馬鹿げたことばかりであった。

ある夜、私たちの寝室は月光にてらされ、野村は私のからだを抱きかかえて窓際の月光のいっぱい当る下へ投げだして、戯れた。私達の顔もはっきりと見え、皮膚の下の血管も青くクッキリ浮んで見えた。

野村は平安朝の昔のなんとか物語の話を語ってきかせた。林の奥に琴の音がするので松籟《しょうらい》の中をすすんで行くと、楼門の上で女が琴をひいていた。男はあやしい思いになり女とちぎりを結んだが、女はかつぎをかぶっていて月光の下でも顔はしかとは分らなかった。男は一夜の女に恋いこがれる身となるのだが、琴をたよりに、やがてその女が時の皇后であることが分り……そんな風な物語であった。

「戦争に負けると、却ってこんな風雅な国になるかも知れないな。国破れて山河ありというが、それに、女があるのさ。松籟と月光と女とね、日本の女は焼けだされてアッパッパだが、結構夢の恋物語は始まることだろうさ」

野村は月光の下の私の顔をいとしがって放さなかった。深いみれんが分った。戦争という否応のない期限づきのおかげで、私達の遊びが、こんなに無邪気で、こんなにアッサリして、みれんが深くて、いとしがっていられるのだということが沁々《しみじみ》わかるのであった。

「私はあなたの思い通りの可愛いい女房になってあげるわ。私がどんな風なら、もっと可愛いいと思うのよ」

「そうだな。でも、マア、今までのままで、いいよ」

「でもよ。教えてちょうだいよ。あなたの理想の女はどんな風なのよ」

「ねえ、君」

野村はしばらくの後、笑いながら、言った。

「君が俺の最後の女なんだぜ。え、そうなんだ。こればっかりは、理窟ぬきで、目の前にさしせまっているのだからね」

私は野村の首ったまに噛りついてやらずにいられなかった。彼はハッキリ覚悟をきめていた。男の覚悟というものが、こんなに可愛いものだとは。男がいつもこんな覚悟をきめているなら、私はいつもその男の可愛い女でいてやりたい。私は目をつぶって考えた。特攻隊の若者もこんなに可愛いに相違ない。もっと可愛いいに相違ない。どんな女がどんな風に可愛がったり可愛がられたりしているのだろう、と。

＊

私は戦争がすんだとき、こんな風な終り方を考えていなかったので、約束が違ったように戸惑いした。格好がつかなくて困った。尤も日本の政府も軍人も坊主も学者もスパイも床屋も闇屋も芸者もみんな格好がつかなかったのだろう。カマキリは怒った。かんかんに怒った。ここでやめるとは何事だ、と言った。東京が焼けないうちになぜやめない、と言った。日本中がやられるまでなぜやらないか、と言った。カマキリは日本中の人間を自分よりも不幸な目にあわせたかったのである。私はカマキリの露骨で不潔な意地の悪い願望を憎んでいたが、気がつくと、私も同じ願望をかくしているので不快になるのであった。私のは少し違うと考えてみても、そうではないので、私はカマキリがなお厭だった。

アメリカの飛行機が日本の低空をとびはじめた。B29の編隊が頭のすぐ上を飛んで行き、飛んで帰り、私は忽ち見あきてしまった。それはただ見なれない四発の美しい流線型の飛行機だというだけのことで、あの戦争の闇の空に光芒の矢にはさまれてポッカリ浮いた鈍い銀色の飛行機ではなかった。あの銀色の飛行機には地獄の火の色が映っていた。それは私の恋人だったが、その恋人の姿はもはや失われてしまったことを私は痛烈に思い知らずにいられなかった。戦争は終った！　そして、それはもう取り返しのつかない遠い過去へ押しやられ、私がもはやどうもがいても再び手にとることができないのだと思った。

「戦争も、夢のようだったわね」

私は呟やかずにいられなかった。みんな夢かも知れないが、戦争は特別あやしい見足りない取り返しのつかない夢だった。

「君の恋人が死んだのさ」

野村は私の心を見ぬいていた。これからは又、平凡な、夜と昼とわかれ、ねる時間と、食べる時間と、それぞれきまった退屈な平和な日々がくるのだと思うと、私はむしろ戦争のさなかになぜ死ななかったのだろうと呪わずにいられなかった。

私は退屈に堪えられない女であった。私はバクチをやり、ダンスをし、浮気をしたが、私は然し、いつも退屈であった。私は私のからだをオモチャにし、そしてそうすることによって金に困らない生活をする術も自信も持っていた。私は人並の後悔も感傷も知らず、人にほめられたいなどと考えたこともなく、男に愛されたいとも思わなかった。私は男をだますために愛されたいと思ったが。愛すために愛されたいと思わなかった。私は永遠の愛情などはてんで信じていなかった。私はどうして人間が戦争をにくみ、平和を愛さねばならないのだか、疑った。

私は密林の虎や熊や狐や狸のように、愛し、たわむれ、怖れ、逃げ、隠れ、息をひそめ、息を殺し、いのちを賭けて生きていたいと思った。

私は野村を誘って散歩につれだした。野村は足に怪我をして、ようやく歩けるようになり、まだ長い歩行ができなかった。怪我をした片足を休めるために、時々私の肩にすがって、片足を宙ブラリンにする必要があった。私は重たく苦しかったが、彼が私によりかかっていることを感じることが爽快だった。焼跡は一面の野草であった。

「戦争中は可愛がってあげたから、今度はうんと困らしてあげるわね」

「いよいよ浮気を始めるのかね」

「もう戦争がなくなったから、私がバクダンになるよりほかに手がないのよ」

「原子バクダンか」

「五百封度《ポンド》ぐらいの小型よ」

「ふむ。さすがに己れを知っている」

野村は苦笑した。私は彼と密着して焼野の草の熱気の中に立っていることを歴史の中の出来事のように感じていた。これも思い出になるだろう。全ては過ぎる。夢のように。何物をも捉えることはできないのだ。私自身も思えばただ私の影にすぎないのだと思った。私達は早晩別れるであろう。私はそれを悲しいこととも思わなかった。私達が動くと、私達の影が動く。どうして、みんな陳腐なのだろう、この影のように！　私はなぜだかひどく影が憎くなって、胸がはりさけるようだった。

# 人妻

永井荷風

## 永井荷風《ながいかふう》（一八七九〜一九五九）

東京生まれ。東京高等商業学校中退。広津柳浪に入門、エミール・ゾラに影響を受けた『地獄の花』で注目を集める。アメリカ、フランスに渡り一九〇八年に帰国、『あめりか物語』『ふらんす物語』『冷笑』を発表する。一九一〇年の大逆事件に衝撃を受け、形式的な西洋化を進める近代日本への嫌悪から江戸趣味を深め、花柳小説『腕くらべ』『おかめ笹』を刊行。一九二六年頃から女給や踊子、私娼に興味を持ち、そこで働く女性を描く『つゆのあとさき』『踊子』『濹東綺譚』などで新境地を開く。一九五九年、自宅で遺体となって発見され、傍には全財産が入ったボストンバッグが残されていた。

住宅難の時節がら、桑田は出来ないことだとは知っていながら、引越す先があったなら、現在借りている二階を引払いたいと思って見たり、また忽《たちまち》気が変って、たとえ今直ぐ出て行って貰いたいと言われようが、思《おもい》のとどくまではどうして動くものか、というような気になったりして、いずれとも決心がつかず、唯おちつかない心持で其日其日を送っていた。それも思返すと半年あまりになるのである。

二階を借りている其家は小岩の町はずれで、省線の駅からは歩いて二十分ほど、江戸川の方へ寄った田圃《たんぼ》道。いずれも生垣を結い囲《めぐら》した同じような借家の中の一軒である。夏は蚊が多く冬は北風の吹き通す寒いところだという話であるが、桑田が他へ引越したいと思っている理由は土地や気候などの為ではなかった。家の主人と細君との家庭生活が、どこにも見られまいと思われるばかり、程度以上に、また意想外に、親密で濃厚すぎるように思われるのが、桑田にはわけもなく或時にはいやに羨しく見え、或時には馬鹿馬鹿しく、結局それがために、今まではさほど気にもしていなかった独身の不便と寂しさとが、どうやら我慢しきれないように思われ出した。その為であった。

桑田は一昨年の秋休戦と共に学校を出て、四ツ木町の土地建物会社に雇われ、金町のアパートに居たのであるが、突然其筋からの命令で、同宿の人達一同と共に立退かねばならぬ事になり、引越先がないので途法にくれていたが、偶然或人の紹介で現在の二階へ引移ったのである。

年はまだ三十にはならないので、当分は学生の時と同様、独身生活をつづけて行くつもりでいたのだが、小岩の家の二階へ引越してから、とてもそんな悠長な、おちついた心持ではいられなくなったのである。

家の主人は桑田よりは五ツ六ツ年上で、市川の町の或信用組合へ通勤している。身長《せい》は人並で、低い方ではないが、洋服を着た時の身体《からだ》つきを見ると、胴がいやに長い割に足の短いのと、両肩のいかったのが目に立ち、色の黒い縮毛の角ばった顔が、口の大きいのと出張った頰骨のために、一層猛々《たけだけ》しく意地悪そうに見えるが、然しその子供らしい小さなしょんぼりした眼と、愛嬌のある口元とが、どうやら程よく其表情を柔げている。

細君は年子《としこ》といって三年前に結婚したというはなし。もう二十五六にはなっているらしい。まだ子供がないせいか、赤い毛糸のスエータに男ズボンをはいたりする時、一際目《ひときわめ》に立つ豊満な肉付と、すこし雀斑《そばかす》のある色の白いくくり頤《あご》の円顔には、いまだに新妻《にいづま》らしい艶しさが、たっぷり其儘《そのまま》に残されている。

良人はどっちかと云うと無口で無愛想な方らしいが、細君はそれとは違って、黙ってじっとしては居られない陽気な性《たち》らしく、勝手口へ物を売りにくる行商人や、電燈のメートルを調べに来る人達とも、飽きずにいつまでも甲高《かんだか》な声で話をしつづけている。

　桑田が初めて紹介状を持って尋ねて行った時、また運送屋に夜具蒲団を持ち運ばせて行った時、細君年子さんは前々から知合った人のように、砕けた調子で話をしかけ、気軽に手つだって、桑田の荷物を二階へ運び上げてやった。この様子に桑田は何という快活な、そして親切な奥さまだろうと感心せずには居られなかった。

「もうじき帰って参りますよ。遠慮なんぞなさらないで下さい。何しろ私達二人ッきりですからね。このごろのように世間が物騒だと、一人でも男の方の多い方が安心なんですよ。それに二階を明けて置くと、引揚者だの罹災者だの、そういう人達に貸すようにッて、警察からそう言って来て困るんですよ。」と細君は一人でしゃべり続けた後、配給物もついでですから、家の物と一ッしょに取って来て上げる。洗濯もワイシャツくらいなら一緒に洗ってあげようとさえ言うのであった。

　桑田はこんな好い家は捜しても滅多に捜されるものではない。アパートを追出されたのは全く有難い仕合《しあわせ》だと思った。

　然しこの喜びはほんの一ト月ばかりの間で、桑田は忽ち困りだしたのである。引越す先があったら明日といわず直《すぐ》にも引越したいような気になり出したのである。

最初、どうやら身のまわりが片づき、机の置処もきまり、座敷の様子から窓外の景色にも親しみが感じられるようになりだした頃、或日の朝である。桑田は下座敷から聞える夫婦の声に、ふと目を覚して腕時計を見た。午前七時半であった。

「おい、寒いよ。寒いよ。風邪ひくよ。裸じゃいられない。」と言うのは主人浅野の声。

「そんならもう一遍おねなさい。ボタンがとれてるからさ。お待ちなさいよ。」と命令するように言うのは細君年子さんの声であった。

それなり二人の声は途切れて、家中は静になっていたが、忽ち甲高な年子さんの笑う声。それから着物でも着るらしい物音と、聞きとれない話声がつづき初めた。

桑田はこんな事から程なく主人の浅野は毎朝出勤する時、自分の手では洋服がきられないのか、わざと着ないのか、それは分らないが、子供が幼稚園へでも行く時のように、細君にきせて貰い、ネキタイも結んでもらう人だという事を知った。そして夕方近く勤先から帰って来ると、洋服だけは一人でぬぐが、すぐに丹前の寝巻に着かえる時、帯はやはり細君に締めてもらうらしい。

この事が桑田の好奇心を牽《ひ》きはじめた初まりで、次に桑田は二人の食事をする茶ぶ台には飯茶碗だけは二ツ別々にしてあるが、汁を盛る椀も惣菜の皿小鉢も大ぶりのが一個《ひとつ》しか載せられていないのを見て、味噌汁は交る交る一ツの椀から吸うのではないかと思った。桑田は仕事の都合で午後から出掛けたり、また昼近くに帰って来たりすることがあるのを幸、それとなく家の様子に気をつけた。

主人の浅野は夕方六時前にはきまって帰って来る。電車に故障でも起らないかぎり、早くもならず晩くもならない。細君は時計を見ずとも其時刻を知っていて、夕飯の仕度にかかるより早く、風呂へは行かないことがあっても、白粉だけはつけ直さないことはない。昼間良人の留守中、細君は配給物など取りに出る時、桑田が二階に居れば、「済みませんが、桑田さん。一寸お願いしますよ。」と声をかけて出て行くが、いつもは格子戸と潜門《くぐりもん》とに鍵をかけ、目立たぬように取付けてある生垣の間の木戸から出入をするのである。そういう無人《ぶにん》な家のことで、衣類や大切な物は市川の知り人《びと》の許に預け、簞笥には時節のものしか入れて置かないことを、細君は得意らしく桑田に話をした。

細君は良人の留守中、いつも小まめに休まず働いている。主人が出て行った後、天気つづきで風でも吹くような日には、朝夕二度拭掃除をすることもある。タオルで髪を包み、そこら中を拭き拭き二階へも遠慮なく上って来て、桑田の敷きはなしにした夜具を縁側の欄干に干してやったりする事もある。よく働きよく気のつく細君だ。家庭の主婦としては全く何一ツ欠点がないと思うと、桑田は自分も結婚するなら、年子さんのような人を貰わなければと云うような羨しい気がしてならなくなった。話をしながらも、桑田はいつか細君の働く姿から目を離すことができなくなった。

スエータの袖を二の腕までまくり上げ、短いスカートから折々は内股を見せながら、四ツ這《ばい》になって雑巾掛をする時、井戸端で盥を前にして蹲踞《しゃが》む時、また重い物の上下しに上気《じょうき》したように頰を赤くする顔色などを見る時、桑田はいきなり抱きついて見たいような心持にさえなることがあった。

やがて桑田は夜もおちおち眠られなくなった。下座敷の夫婦は晩飯をすまして暫くラジオを聞いているかと思うと、いつの間にか寝てしまう。毎晩、よくあんなに早く寝られると思われるくらいで。連立って映画を見に行ったり、買物がてら散歩に出るようなことは殆どない。桑田が勤先からの帰り道に、鳥渡《ちょっと》用足しでもして帰って来ると、家の内は早くも真夜中同様、真暗闇になっている。朝の出勤時間が早い為めだろうと、桑田は初の中は気にもしなかったが、或夜何かの物音に、ふと目をさますと、宵の中に消えていた下座敷の電灯がいつの間にかついていて、しかも低い話声さえ聞える。二人して交る交る何か読んでいる声のすることもあった。どういう種類の書物であるかは推量されるが、然しその文章は聞きとれない。やがて男か女か知れぬが立って障子をあけ、台所へでも行くような物音の二度三度に及ぶようなこともある。

桑田は学生時分からアパート住いには馴れた身の、壁越のささめきや物音にはさして珍しい気もせずにいたのであったが、今度初て、其時分の経験からは到底推察されない生活の在ることを、ありあり事実として認めねばならなかった。桑田は是非なく、成るべく外で時間をつぶして帰ろうと思いはじめた。一度帰って自炊の晩飯を済ましてから、また外出することもあるようになった。然し場末の町のこと、殊に夜になっては何処へも行くところはない。駅に近い方に一二軒カフェーはあるが、女給はいずれも三十近いあばずればかり。そして飲物の高価なことは、桑田が一ケ月の給料などは二三度出入をしたら忽ちふいになるかと思われるくらい。トラックの疾走する千葉街道の片ほとりには、亀戸から引移って来た銘酒屋があるし、また一駅先の新小岩にも同じような処があるが、いずこもインフレ景気の物すごさに、桑田は唯素見《ひやか》し歩くよりしようがない。已むを得ず勤先からの帰り道、銀座から浅草へ廻って、レヴューの舞台で踊子の足を蹴上げて踊る姿を見詰めたり、ダンス場で衣裳越しに女の身にさわり化粧の匂を嗅《か》いだりするより外に気を休める道がない。然しそれさえ随分な物費《ものい》りである。

毎夜の睡眠不足から桑田はすっかり憂鬱になってしまった。引越したいと思っても引越す目当がないと思うと、無暗に腹が立って座敷の物でも手当り次第毀《こわ》してみたいような気になる。夜のみならず、昼間でも家内の物音が、台所の水の音から襖障子の明けたてされる音まで、何一ツ気をいら立せないものは無いようになる。夫婦の話声がいやらしく怪し気に聞えてしようがない。「ねえ、あなた。ねえ、あなた。」と良人に話をしかける細君の声が、毎日毎夜、あけても暮れても耳について、どうにも我慢ができないような心持になる。

桑田は腹立しさのあまり、思切って暴行を加えて見ようかと思った。然しどういう風に実行すべきものか、其手段がわからない。いざという場合になったら、女の方が遥に強くはあるまいかという気もする。拭掃除に水一ぱいの大きなバケツを幾度となく汲みかえては持運ぶ様子から、半日洗濯をしつづけても、さほど疲れた風もしないところなどを見ると、あべこべに繊細《かぼそ》い自分の方が身動きもならないように押えつけられはしまいかとも思われる。押えつけられて、そんな剰談《じょうだん》しちゃいけませんと叱られるくらいならいいが、帰って来た主人に事の始末をありのままに告げられたら、其時はどういう事になるだろう。今すぐ出て行ってくれと言われても出て行く処がない。自分は低頭平身してあやまらなければなるまい。そして馬鹿ッと怒鳴られた挙句、場合によっては拳骨《げんこつ》の一ツぐらいは食《くわ》されないとも限るまい。そんな事を思うと、いかに切なくとも我慢に我慢してこのままそっと人知れず、様子を立聞きして自分ばかりの妄想に耽けるより仕様がない……。

日はいつか長くなって、勤先から帰って夕飯をすませても外はまだ明く、生垣の外の畠が青く見えるようになると、忽ちそこら中一帯に蛙の鳴く声が聞え出した。桑田はいつもに変らぬ深夜の囁きに加えて、枕元に蚊の声をも聞くようになった。眠られぬ夜はますます眠られなくなるばかりである。

蚊遣香を焚いて我慢をしていたのも暫くの間であった。桑田は蚊帳を釣るために釘と金槌とを借りようと、或日下座敷へ行くと、主人の浅野は細君と二人で旅行用の革包《かばん》をひろげていた。桑田の降りて来るのを見て、

「三四日留守にしますから、何分よろしく御頼みします。田舎の親類に弔いがあるんで、一寸行って来ますから。」

次の日の朝、桑田が朝飯の仕度をしにと台所へ降りて行った時には、主人の浅野は既に立って行った後と見えて、板の間に置かれた茶ぶ台の上には、食べ残された

ものが其儘になっていて、細君はひとり蚊帳の中の乱れた床の上に、たわいもなく身体を投出して高鼾をかいていた。

桑田はおそるおそる其枕元まで歩み寄って、じっと寝姿を眺めていたが、そのまま意久地なく台所へと立戻って、わざと物音あらく鍋や皿を洗いかけたが、細君はどうしてそんなに疲れたのかと寧ろ怪《あや》しまれるほど、いよいよ鼾の声を高めるばかりであった。

桑田の煩悶は主人が居た時よりも更に甚しく、とても二階にじっとしては居られなくなった。

二日目の夜である。小雨が降ったり歇《や》んだりしていたに係らず、勤先からの帰道、桑田は映画館で時間をつぶした後、その辺のおでん屋で平素飲まない酒を飲み、真暗な横町を足もとしどろに帰って来た。離れ離れに立っている人家には門口の灯さえ消えているところもあった。遠くに聞える省線電車の響、蛙の声と風の音とが、さほど深《ふ》けてもいない夜を、気味わるいほど物さびしくしている。

桑田は危く溝に踏込もうとして道ばたの生垣につかまり身を支えたのも一度や二度ではない。やっとの事自分の家の潜門《くぐりもん》を、それと見定め、手をかけて開けようとすると、その戸は内の格子戸と共にあけたままになっているのに気がついた。酔っていながらも変だなと思って、見るともなく様子を窺うと、家の内は外と同じように真暗であった。

桑田は今夜こそ是が非にも運だめしをする決心であったので、片足を出入口の土間に踏み入れると共に、わざとらしく声を張上げ、

「奥さん。どうも、おそくなってすみません。」

すると闇の中から、「大変よ。桑田さん。」という奥様の声がしたが、それは顫《ふる》えた泣声であった。今まで一度も聞いたことのない異様な調子を帯びた声であった。

この声に驚かされて、其方へと一歩進寄った時、更に一層桑田をびっくりさせたのは、何物をも纏っていないらしい女の柔な身体に、その足がさわったことであった。

顫える手先に電灯をひねると、抽斗《ひきだし》を抜いた箪笥の前に、奥さまは赤いしごきで両手を縛られ俯伏《うつぶ》しになって倒れていた。

畳の上には土足で歩いた足跡がある。

夜がふけるに従って、また誰か、餌をさがす狼が来はせぬかというような気味悪さが、いつまでも二人を其儘一ツ座敷に座らせてしまった。夜があけても二人は離れることができなかった。そのまま食事も一緒、つかれて蚊帳の中にうとうとする

のも亦一緒であった。

二人はぽつぽつこんな話をした。

「ねえ、奥さん。届けるなら、暗くならない中盗まれたことになさい。」

「わたしは家に居なかった事にしてよ。縛られたなんて、そんな事言われないからさ。」

「でも、よく、何ともありませんでしたね。怪我しなくってよござんした。」

「わたし、ほんとにそればっかりが心配だったのよ。おとなしくしているより仕様がないと思ったのよ。だけど、よくって。秘密よ。絶対に秘密よ。あなただけしか知ってる人はないんだから。きっとよ。」

三日目に浅野がかえって来た。たぶん午後に早く帰って来たのであろう。桑田はその勤先から帰って来て格子戸を明けた時、二人が夕飯をたべながら、いつもと変らない調子で話をしている声をきいた。

桑田はそのまま二階へ上ろうとすると浅野が、「留守中はどうも御世話さまでした。」と言うので、黙ってもいられず、

「お帰りですか。汽車はこんだでしょう。」

「イヤ思ったより楽でした。」

「それは能うござんしたなァ。」

桑田はまたもや梯子段へ片足踏みかけようとすると、

「空巣をやられたそうですな。あなたの物でなくッて能うござんした。」と言うので、桑田は其晩の事が既に二人の間に話し出されていた事を知った。

「わたしがいればよかったんですが、会社へ出かけた後なもんで、申訳がありません。」

言いながら桑田は襖際まで立戻って、何より先に細君の顔を見た。灯火のせいか、または気のせいか、桑田の眼には細君の夕化粧がいつもより濃く見えた。横座りに少し片足を投出し飯茶碗に茶をついでいた手も止めず、

「桑田さんが帰って来て下さったからよかったのよ。わたし一人だったら、とても気味がわるくッて、夜なんぞ寝られなかったかも知れなかったわ。」

桑田はまァよかったと言わぬばかり、俄に安心したような気がした。それと共に、人間は虚言《うそ》をつかなければならない場合になると習わなくとも随分上手に虚言がつけるものだ。男よりも女の方がそういう事には余程上手であり大胆にやれるものだと思わないわけには行かなかった。

あくる日、桑田はいつもより仕事が忙しかったにも係らず、大急ぎに浅野よりも

早く帰って来て、台所で洗物をしている細君の後姿を見るや、すぐさま其身近に進み寄り、

「奥さん。」と呼びかけた。

奥さんは何も言わず唯じっと桑田の顔を見返し、返事の代りに意味あり気な微笑を口元に浮べた。その目つきとその微笑とは、桑田の眼には、あの晩の事はあれなり誰にも知れる気づかいはない。もう心配しないでもいいと云うような意味にしか見えなかった。そして桑田が二階へ上ると、細君もつづいて其後から二階へ上った。

桑田はその日から折々浅野よりも早く帰って来たり、また浅野が出て行った後昼近くまで出かけずにいることもあった。

二階の窓から見渡すあたりの麦畠には麦が熟して黄いろくなり、道端にも植えられた豆の花はそろそろ青い実になりかけた。

桑田は再びこの二階には居たくない。今度こそ一日も早く明間をさがして引越したいと決心するようになった。以前のように夫婦の性的生活に対する羨望と嫉妬からではない。桑田は人の秘密を自分一人知っていることが、自分ながら不快でならなくなったのだ。

細君は以前よりも親切に小まめに身のまわりの世話をしてくれる。時には食事ま

でこしらえてくれることがある。桑田は親切にされればされるほど、それもみんなあの秘密を知られている弱身があるためだと思うと、気の毒な心持が先に立って、つまらない剰談も言えなくなるのであった。そうかと言って、黙って何も言いかけずに慎んでいると、女の方では心配でたまらないと云うような顔をして、機嫌を取ろうとすることもある。桑田はいよいよ居辛くて堪らなくなった。

一ケ月ばかりして、諸処方々へ引越先を聞合していた結果、小松川辺の或農家の離家を見つけ、人に金を借りてまでして敷金を収め、桑田はようようの事で、小岩の貸二階を引上げた。見渡す青田の其処此処《そここ》に蓮の花が咲き初めた頃であった。

昭和二十二年六月稿

# 編者解説

末國善己

性愛を題材にした文学の歴史は古く、その起源を遡れば神話に行き着くかもしれない。性愛文学は、法や倫理を重んじる人たちに何度も批判されたが、弾圧が激しかった時代にも、表現を柔らかくしたり、一見するとエロを感じさせない物語を作るなどした作家の知恵によって途切れることなく書き継がれ、現代に至っている。多くの作家がエロに魅せられたのは、性を描くことは、そのまま人が生きる意味を問うことに繋がっているからではないだろうか。

本書『文豪エロティカル』は、日本の近代文学の流れを作った十人の〝文豪〟が残したエロティックな作品の傑作をセレクトした。少女愛、フェティシズム、同性愛、スカトロジー、人妻のエロスなどの多彩なモチーフは、いま読んでもまったく古びていない。時代の制約もあり直接的な官能表現は少ないが、それが逆に想像力を喚起し、エロティックな気分を盛り上げてくれるのである。本書の収録作には、身体から立ち上る匂い、相手の身体を触る感覚、睦言を聞く聴覚など、五感を刺激する描写に満ちており、視覚を重んじる現代のエロスの表現とは違う魅力が発見できるはずだ。

### 田山花袋「少女病」

（『定本 花袋全集 第一巻』臨川書店）

「太陽」（一九〇七年五月）に発表された本作は、千駄ヶ谷の自宅から電車で神田の出版社に通う「男」が、同じ電車に乗り合わせた「女学生」を視姦し、軽いストーキングにまで及ぶ物語である。

江戸時代は職住近接が当り前だったが、明治に入ると職場と住居の分離が進む。さらに東京の人口が増えると、郊外に住み、電車で都心部に通う勤め人や学生が増えてくる。本作の主人公「男」が住む千駄ヶ谷近辺は、甲武線（現在の中央線）の電化、山手線の代々木駅の開設などで住宅街として急速に開発された郊外である。「男」が毎日のように同じ時間に出勤するため、近所の人に時計の代わりに使われているのも、目当ての「女学生」が同じ電車に乗る可能性が高いのも、人間が電車の時刻表に合わせて動くライフスタイルが確立したからなのである。

一八九九年に「高等女学校令」が公布され、高等女学校の数も、「女学生」の数も急増し、珍しかった「女学生」の姿が街中で見られるようになる。「女学生」は早くから性的な眼差しで見られていて、「萬朝報」（一九〇六年七月三日）は、男子学生に貢いだ「女学生」が、学費や生活費が工面できず、売春婦に身を落としたというゴシップを紹介している。「派手な縞物に、海老茶の袴」という当時の典型的な制服を着た「女学生」に興味を持つ「男」も、少女に性的な眼差しを注いでいる。一九〇三年、藤村操が哲学的な遺書を残して自殺すると、「煩悶《はんもん》」が時代のキーワードになり、心の中に渦巻く「妄想」を描くことが文学的なテーマとなる。

電車に乗って通勤し、車内で見掛けた「女学生」に、あらぬ「妄想」を抱く「男」を描いた本作は、日本の近代化が生み出したエロスが凝縮した作品なのである。

**川端康成「舞踏靴」**

（『川端康成全集第一巻』新潮社）

フェティシズムといえば、真っ先に足、靴、ストッキングを思い浮かべるのではないだろうか。「サンデー毎日」（一九三一年四月五日号）に発表された本作は、靴とストッキングへの崇拝を描いたフェチ小説の古典的な名作である。

物語は、踊子と、踊子の「靴下」や「靴」に執着する辻の関係を軸に進んでいく。

作中には「膝から下がぼろぼろに破れていた」とあるので、辻が偏愛するのはストッキングと考えて間違いあるまい。ジャン・ストレフ『フェティシズム全書』(加藤雅郁・橋本克己訳、作品社、二〇一六年五月)の「靴下、ガーターベルト、ストッキング」の項目が、一九四〇年のナイロン・ストッキングの発明から始められていることからも分かるように、ストッキングフェチはナイロンストッキングの登場によって広まったとされる。本作はナイロンストッキングの登場前に書かれているので、踊子の「靴下」は、絹かメリヤス製と思われる。本作がフェチの対象がパンティストッキングに傾く前の、ストッキングフェチを描いているところにも注目して欲しい。

辻は犬を使って踊子の「靴下」を手に入れているが、踊子の「靴下が幾足も欲しい」のか、「多くの女の靴下を盗ませ（中略）楽しんでいる」のか判然としていない。踊子を愛するあまり履いた「靴下」を得ようとするのではなく、汚れた「靴下」なら誰のものでも愛玩しているかもしれない辻を描いた本作は、女性でも、女性の肉体の一部でもなく、無生物へのフェチというディープな世界を描いているのである。

（『堀辰雄作品集第一巻』筑摩書房）

## 堀辰雄「燃ゆる頬」

明治時代の文学作品には、坪内逍遥『当世書生気質』（晩青堂、一八八五年六月～一八八六年一月）や森鷗外『ヰタ・セクスアリス』（「スバル」一九〇九年七月）など、学生の男色を題材にした作品の系譜がある。当時の学生は、共に大志に向かって進む友情や義を育むとして男色を肯定的にとらえていたが、新聞のバッシングや恋愛、結婚して家庭を作ることこそが幸福という価値観の広まりによって、明治末には男色は下火になっている。「文藝春秋」（一九三二年一月）に発表された本作は、学生男色文学の伝統を受け継ぐ作品であり、男色の伝統が昭和の「高等学校」の「寄宿舎」に残っていたことがうかがえる意味でも興味深い作品である。

「寄宿舎」に入った「私」は、転室してきた三枝と親しくなる。美少年の三枝は、円盤投げ選手の上級生・魚住に愛されていたが、いつしか「私」と「友情の限界を越え」た関係になる。「私」は、三枝の背骨にある「突起」を愛撫するが、この触覚にうったえかけてくる表現が、思春期の欲望を見事に表現している。

やがて「私」と三枝は旅行に行くが、「私」が現地の少女に魅かれたことで二人の関係は終わる。これは、青春時代の終わりを象徴的に描いており強く印象に残る。

なお本作は、マルセル・プルースト『失われた時を求めて』の「ソドムとゴモラ

Ⅰ」を参考に書かれているので、両者を読み比べてみるのも一興だ。
本作は、小野塚カホリ『燃ゆる頬』（マガジン・マガジン、二〇一四年一一月）としてコミカライズされている。

**太宰治「満願」**　　（『太宰治全集第二巻』筑摩書房）

太宰自身と思われる「私」が、四年前の体験を語る私小説風のコントで、「文筆」（一九三八年九月）に発表された。

伊豆の三島で一夏を過ごした時、「私」は地元の医者と親しくなる。医者の家には薬を取りに来る「奥さん」がいた。「奥さん」の夫は肺を悪くしていて、医者は「奥さん」に何かを「辛抱」させている。医者から「おゆるし」をもらった「奥さん」は「飛ぶよう」に歩き、「白いパラソル」をまわして家に帰っていった。

医者が何を「辛抱」させ、なぜ「おゆるし」が出た「奥さん」が喜んでいるかを掘り下げると、本書にエロティシズムが隠されていることが見えてくる。

本作が発表される約半年前、総力戦遂行のため、国がすべての人と物を管理する国家総動員法が制定された。性を、生めよ増やせよ的な〝公〟ではなく、夫婦愛の確認という〝私〟の問題として描いたのは、戦争へ向かう時代への抵抗だった可能性がある。

## 谷崎潤一郎「青塚氏の話」

（『谷崎潤一郎全集 第十巻』中央公論社）

谷崎は、一九二〇年に大正活映株式会社に文芸顧問として入社。谷崎の脚本、トーマス栗原の監督で、『アマチュア倶楽部』（一九二〇年一一月一九日公開）、『雛祭の夜』（一九二一年三月三〇日公開）、『蛇性の婬』（一九二一年九月六日公開）などが製作されている。若い頃から映画に興味を持っていた谷崎は、『人面疽』（「新小説」一九一八年三月）などの映画奇譚を執筆しており、「改造」（一九二六年八月～九月、一一月～一二月）に発表された本作も、その一編である。

名を成した歌手や女優が、無名時代にアダルトビデオに出演していたとの情報が、まことしやかに流れることがある。そんな時ネットでは、その歌手や女優すら気付いていないかもしれないホクロの位置や歯並びなどの細部から、同定作業が行われる。本作は、こうした状況に似た〝アイドル（偶像）〟への偏執狂的な愛を描いている。

一九世紀まで人気だった肖像画は一点ものだったが、二〇世紀に普及した写真や映画はコピーが簡単で、個人のコレクションさえも可能にした。愛する女優が写ったフィルムを集め、身体の特徴を緻密に分析し、あまつさえ愛撫ができるラブドールとして再現する謎めいた男が登場する本作は、テクノロジーが人間の身体感覚や、セクシュアリティを変容させる現実を、的確にとらえているのである。

本作の時代より科学技術が進んだ現代では、女優の身体情報をバーチャルリアリティや人型ロボットで再現し、それをラブドールにすることも夢ではなくなった。そうなると、個人の身体情報は売買できるのか、市場に流通した情報は誰が、どのように管理するかが課題となる。まったくの他人が、女優の身体情報をコレクションし、その情報を再構築するエロティックでグロテスクな物語を紡いだ本作は、これから起こりうる社会問題を先駆的に描いた作品としても、評価できるのである。『谷崎万華鏡　谷崎潤一郎マンガアンソロジー』（中央公論新社、二〇一六年一一月）には、本作の前日譚となる榎本俊二「青塚氏の話」が収録されている。

**織田作之助「妖婦」**　（『定本織田作之助全集　第五巻』文泉堂書店）

織田の没後遺稿として発表され、『雪風』（一九四七年三月）に再掲された。

奔放な美少女・安子が主人公だが、そのモデルが、一九三六年に愛人を殺し、男性器を切り取る猟奇的な事件を起こした阿部定だと知ると、感慨もひとしおだろう。

阿部定の裁判が終わると、真偽不明ながら、阿部定の訊問調書が秘かに出回った。織田は、この訊問調書に興味を持っていたようで、「世相」(「人間」一九四六年四月)には、調書を題材に阿部定の半生を書けば「女のあわれさが表現出来る」、「題はまず『妖婦』かな」とある。本作は、この構想を実現させた作品といえる。

だが阿部定の訊問調書と、本作には多少のズレがある。調書の中で阿部定は、幼い頃は「堅スギル位真面目ナ考ヘヲ持ツテ居タ」が、十五歳の時「オ友達ノ家」で「慶応ノ学生」に「姦淫《かんいん》」されたのを切っ掛けに不良になったとしている。初体験の感想も、本作では「皆が大騒ぎをしていることって、たったあれだけのことか、なんだつまらない」だが、調書では「大変痛ミガアリ、二日位出血シタ」、「自分ハ娘デナクナツタカト思フト何ダカ恐ロシク」なったと述べている。ここからは、織田が阿部定をモデルにした安子を、より性に早熟な少女にしていることが分かる。織田は、自由奔放に生きるヒロインを好んで書いたので、安子もそのような少女にしたように思える。

## 芥川龍之介「好色」

(『芥川龍之介全集　第八巻』岩波書店)

芥川は、『羅生門』(「帝国文学」一九一五年一一月)など、日本の古典文学に材を採った名作を数多く残している。「改造」（一九二一年一〇月）に発表された本作もその一つで、古典文学では在原業平と並ぶ色男とされる平中を主人公にしている。

本作の冒頭には、『宇治拾遺物語』『今昔物語』『十訓抄』の一節が引用されているが、芥川が主に使ったのは『今昔物語』巻三〇の一「平定文、本院の侍従に仮借《けそう》せし語」である。平中の好色について友人二人が語る「好色問答」は芥川のオリジナルだが、それ以外は『今昔物語』のアレンジで、物語の基本線に特に変更はない。

侍従に惚れ、何度も手紙を送った平中だが、返信がない。それどころか侍従は、平中をからかって楽しんでいるようだ。弄ばれた平中は、「女の浅間しい所」を見つけ、侍従への恋心を断つため「糞」が入った「筥」を盗む変態的な行為に出るのが面白い（初出誌では「糞」が「大便」とされ、より直接的な表現になっている）。

侍従を忘れるために「糞」を盗んだ平中だが、香しい匂いに誘われ「筥」の中身を口にしようとする。しかも侍従は、平中が「糞」を盗むことを見越して計略をめぐらせているのだから、変態の心理を読むさらなる変態といえる。ユーモラスな語り口でマイルドになっているが、本作は間違いなく糞尿（スカトロジー）文学なのである。

芥川は「新潮」（一九二七年二月）の座談会で、谷崎潤一郎などの作品を批評する中で、「話の筋」が「芸術的」かは「非常に疑問」とした。これに対し谷崎は「饒舌録」の第二回（「改造」一九二七年三月）で、「筋の面白さ」は小説の「構造」そのものであり、小説から「筋」を抜くと「特権」を捨てることになると反論した。

芥川と谷崎の小説の「筋」をめぐる論争は、結論が出ないまま終結した。谷崎の『少将滋幹の母』（「毎日新聞」一九四九年一一月一六日～一九五〇年二月九日）には、平中と侍従をめぐるエピソードが出てくる。小説の「筋」とは何かを考えながら、二作を比較してみると新たな発見があるかもしれない。

**森鷗外「魔睡」**

（『鷗外全集　第四巻』岩波書店）

「スバル」（一九〇九年六月）に発表された本作は、法科大学教授の大川渉の妊娠中の妻が、医師の磯貝に催眠術をかけられ陵辱《りょうじょく》されたとの疑惑を描いている。タイトルの「魔睡」は、催眠術の古い呼び方である。

この作品はモデル小説と見なされていて、大川は鷗外、磯貝は東京帝大医学部教授で宮中や政界とも関係が深い三浦謹之助とされた。そのため本作は大スキャンダルになり、鷗外は鈴木三重吉宛の書簡（一九一四年八月二〇日）で、「スバルが大学総長の机に上り、宮内次官の机にも上った」と書いている。

明治三〇年代の日本では、催眠術がブームになっていた。心と身体の自由を奪う催眠術は、早くから猥褻事件と結び付いていて、催眠術の概説書を量産した竹内楠三『学理応用催眠術自在』（大学館、一九〇三年三月）にも、フランスの歯科医が「女子に催眠術を施して其れを姦《かん》した」などの事例が紹介されている。催眠術で女性を支配するアダルトビデオが今も制作されていることからも分かるように、催眠術は男の性的欲望を肥大化させる。本作は、その事実をいち早く指摘した作品なのである。

終盤で大川は、催眠術にかかり磯貝に何かされたかもしれない妻に対し、心が汚されていなければ「貞潔」は守られているとしながらも不快感が隠せない。ここには、女性の〝純潔〟や〝貞操〟に関して、男が抱くホンネとタテマエを暴く視点もある。


**坂口安吾「戦争と一人の女」**　（『定本　坂口安吾全集　第三巻』冬樹社）

「サロン」（一九四六年一一月）に発表された本作は、評論『堕落論』（「新潮」一九四六年四月）、小説『白痴』（「新潮」一九四六年六月）と並び、戦後の安吾文学を代表する名作である。この三作には、共通する人間観、死生観、戦争観があるので、併せて読むことをお勧めしたい。

不感症の元女郎の「私」は、性的快楽の代替物のように、戦争で破壊される街を目にし、戦争で死んでいく男たちを想像して愉しんでいる。日本は負けると確信し、虚無的になっている名目上の夫・野村とのセックスは、まさにエロス（性の衝動）とタナトス（死の衝動）が一体となっている。生と死が紙一重の戦中を生きた「私」は、日本が焦土にならず、日本人が死に絶えないまま中途半端に敗戦を受け入れた現実に不満を持つ。戦争の非日常の中に性と生の意味を見出し、平和という日常に違和感を持つ「私」の存在は、戦争とは何か、性とは何かを問い掛けているのである。

なお本作は、『戦争と一人の女』（ドッグシュガームービーズ、二〇一三年四月二十七日公開。監督・井上淳一。主演・江口のりこ、永瀬正敏）として映画化され、近藤ようこの漫画『戦争と一人の女』（青林工藝舎、二〇一二年一一月）の原作にもなっている。

## 永井荷風「人妻」（『荷風全集第十巻』岩波書店）

一般家庭にビデオデッキが普及する一九七〇年代以前には、女性のあえぎ声や淫語を録音したり、性行為を盗聴したと称するテープがアダルトグッズとして販売されていた。「中央公論」（一九四九年一〇月）に発表された本作も、音のエロティシズムを題材にしている。

終戦直後、桑田は、小岩の外れにある一軒家の二階に間借りする。学生時代からアパートで暮らし、隣家の物音には慣れている桑田だったが、家の主人と細君・年子の「親密で濃厚」な「家庭生活」の音に悩まされる。桑田は童貞か、ほとんど女性経験がないことが暗示されていて、夫婦の営みの音で妄想を掻き立てていくのが味わい深い。

荷風の代表作『濹東綺譚』（鳥有堂、一九三七年四月）の主人公は、隣家のラジオの音に悩まされ、「ラデイオのひびきを避ける」ための「安息処」を探すうち、私娼窟の玉の井にたどり着く。荷風の日記『断腸亭日乗』の一九三九年九月二一日に「隣家のラヂオに苦しめらる」とあるので、ラジオ嫌いは荷風の実体験から生まれたことがうかがえる。視覚ではなく、聴覚を刺激する本作のエロティシズムは、音に敏感だった荷風だから書けたといえる。

本作は、オムニバス映画『BUNGO～ささやかな欲望～　見つめられる淑女たち』（角川映画、二〇一二年九月二九日公開）の一本として映画化された。監督は、熊切和嘉。桑田を大西信満、年子を谷村美月が演じた。

【追記】

現在、「特選小説」誌上で、エロティックな文学や真面目な作品に隠されたエロの要素を紹介する「文豪、エロスに挑む！」を隔月で連載しています。本書で取り上げた作家や作品を論じることもありますので、興味がある方は本書と併せてお読みいただけると幸いです。

【編者略歴】

末國善己《すえくによしみ》

一九六八年広島県生まれ。明治大学卒業、専修大学大学院博士後期課程単位取得中退。歴史時代小説・ミステリーを中心に活躍する文芸評論家。著書に『時代小説で読む日本史』（文藝春秋）、『夜の日本史』（幻冬舎文庫）、『読み出したら止まらない！ 時代小説 マストリード100』（日経文芸文庫）、共著に『名作時代小説100選』（アスキー新書）などがある。編書に『国枝史郎伝奇風俗／怪奇小説集成』『山本周五郎探偵小説全集』『岡本綺堂探偵小説全集』『小説集 真田幸村』（以上作品社）、『軍師の生きざま』『軍師の死にざま』（作品社・実業之日本社文庫）、『軍師は死なず』『決戦！ 大坂の陣』『永遠の夏 戦争小説集』『決闘！ 関ヶ原』『血闘！ 新選組』『龍馬の生きざま』（実業之日本社文庫）、『真田忍者、参上！』（河出文庫）、『刀剣』（中公文庫）などがある。

＊本書は実業之日本社文庫のオリジナル編集です。
＊本書は各作品の底本を尊重し編集しておりますが、明らかに誤植と判断できるものについては修正しました。また、差別的ととられかねない表現が一部にありますが、著者本人に差別的意図がなく、作品の芸術性を考慮し、原文のままとしました。（編者、編集部）

# 実業之日本社文庫　最新刊

青柳碧人
彩菊あやかし算法帖

算法大好き少女が一癖ある妖怪たちと対決！「浜村渚の計算ノート」シリーズ著者が贈る、数学の知識がなくても夢中になれる「時代×数学」ミステリー！

あ16 1

赤川次郎
四次元の花嫁

ブライダルフェアを訪れた亜由美が出会ったのは、ドレスも式の日程も全て一人で決めてしまう奇妙な新郎。その花嫁、まさか…妄想!?（解説・山前 譲）

あ1 13

梓 林太郎
爆裂火口　東京・上高地殺人ルート

深夜の警察署に突如現れた男は、頭部から血を流しながら自らの殺人を告白した。事件の手がかりは「カズコ」という謎の女の名前だけ…傑作警察ミステリー！

あ3 11

安達 瑶
悪徳探偵　忖度したいの

探偵&悩殺美女が、町おこしでスキャンダル勃発！甘い誘惑と、謎の組織の影が——エロス、ユーモア、サスペンスと三拍子揃ったシリーズ第三弾！

あ8 3

天祢 涼
探偵ファミリーズ

このシェアハウスに集う「家族」は全員探偵!?　元・美少女子役のリオは格安家賃の見返りに大家の「レンタル家族」業を手伝うことに。衝撃本格ミステリ！

あ17 1

鯨 統一郎
歴女美人探偵アルキメデス　大河伝説殺人紀行

石狩川、利根川、信濃川で奇怪な殺人事件が。犯人は伝説の魔神!?　美人歴史学者たちの推理はなぜか露天風呂でひらめく!?　傑作トラベル歴史ミステリー。

く1 4

# 実業之日本社文庫　最新刊

七尾与史
**歯科女探偵**
スタッフ全員が女性のデンタルオフィスで働く美人歯科医&衛生士が、日常の謎や殺人事件に挑む。現役医師が描く歯科医療ミステリー。（解説・関根亨）
な41

西村京太郎
**十津川警部　八月十四日夜の殺人**
十年ごとに起きる「八月十五日の殺人」の真相とは！　謎を解く鍵は終戦記念日にある？　知られざる歴史の闇に十津川警部が挑む！（解説・郷原　宏）
に1 16

南　英男
**特命警部　札束**
多摩川河川敷のホームレス殺人の裏で謎の大金が動いていた――事件に隠された陰謀とは!?　覆面刑事が闇に葬られた弱者を弔い巨悪を叩くシリーズ最終巻。
み7 7

森　詠
**遠野魔斬剣　走れ、半兵衛〈四〉**
神々や魔物が棲む遠野郷で若い娘が大量失踪。半兵衛と同じ流派の酔剣を遣う天狗が悪行を重ねているらしい。天狗退治のため遠野へ向かった半兵衛の運命は!?
も6 4

芥川龍之介、谷崎潤一郎ほか／末國善己編
**文豪エロティカル**
文豪の独創的な表現が、想像力をかきたてる。川端康成、太宰治、坂口安吾など、近代文学の流れを作った十人の文豪によるエロティカル小説集。五感を刺激！
ん4 2

実業之日本社文庫 ん42

文豪《ぶんごう》エロティカル

2017年8月15日　初版第1刷発行

著　者　田山花袋《たやまかたい》、川端康成《かわばたやすなり》、堀《ほり》 辰雄《たつお》、太宰《だざい》 治《おさむ》、谷崎潤一郎《たにざきじゅんいちろう》、
織田作之助《おださくのすけ》、芥川龍之介《あくたがわりゅうのすけ》、森《もり》 鷗外《おうがい》、坂口安吾《さかぐちあんご》、永井荷風《ながいかふう》

発行者　岩野裕一
発行所　株式会社実業之日本社
〒153-0044　東京都目黒区大橋 1-5-1
クロスエアタワー 8 階
電話 [編集]03(6809)0473 [販売]03(6809)0495
ホームページ　http://www.j-n.co.jp/
印刷所　大日本印刷株式会社
製本所　大日本印刷株式会社

フォーマットデザイン　鈴木正道（Suzuki Design）


ISBN978-4-408-55380-1（第二文芸）